IHR PERFEKTES MATCH

INTERSTELLARE BRÄUTE® PROGRAMM,
BAND 16

GRACE GOODWIN

Anmerkung des Verlags:
Dieses Buch ist für volljährige Leser geschrieben. Das Buch kann eindeutige sexuelle Inhalte enthalten. In diesem Buch vorkommende sexuelle Aktivitäten sind reine Fantasien, geschrieben für erwachsene Leser, und die Aktivitäten oder Risiken, an denen die fiktiven Figuren im Rahmen der Geschichte teilnehmen, werden vom Autor und vom Verlag weder unterstützt noch ermutigt.

WILLKOMMENSGESCHENK!

TRAGE DICH FÜR MEINEN NEWSLETTER EIN, UM LESEPROBEN, VORSCHAUEN UND EIN WILLKOMMENSGESCHENK ZU ERHALTEN!

WILLKOMMENS-
GESCHENK
GRACE
GOODWIN

http://kostenlosescifiromantik.com

INTERSTELLARE BRÄUTE® PROGRAMM

DEIN Partner ist irgendwo da draußen. Mach noch heute den Test und finde deinen perfekten Partner. Bist du bereit für einen sexy Alienpartner (oder zwei)?

Melde dich jetzt freiwillig!
interstellarebraut.com

ÜBER IHR PERFEKTES MATCH

Eine Frau. Zwei Männer. Zwei Welten. Wie wird sie sich entscheiden?

Miranda Doyle hat monatelang einem geheimnisvollen Doktor vom Planeten Trion in den Armen gelegen. Seine geschickten Hände sind zwar nicht nur im Heilen versiert, aber das lockere, unverbindliche Arrangement zwischen den beiden reicht Miranda nicht. Sie will alles und das Programm für interstellare Bräute garantiert ihr nicht nur einen Mann, sondern ein perfektes Match.

Doktor Valck Brax ist in Miranda verliebt, eine Frau von der Erde, die sich wie keine andere seinen Berührungen hingibt. Als er endlich bereit ist sie für immer für sich zu beanspruchen, kündigt er seinen Posten und kehrt mit dem passenden Verpartnerungsschmuck zu ihr zurück. Aber es ist zu spät. Miranda ist verschwunden und hat auf der anderen Seite des Universums einen Prillonischen Krieger für sich gefunden.

ÜBER IHR PERFEKTES MATCH

Captain Trist Treval von der Kampfgruppe Zakar ist ein abgebrühter Krieger. Er hat sein gesamtes Leben im Krieg verbracht und ist berüchtigt für sein erbarmungsloses Wesen und seine berechnende Art. *Sie haben ein Match* lauten die Worte, die alles für ihn verändern. Er wird alles und jeden zerstören, der ihm seine reizende neue Partnerin wegnehmen möchte, einschließlich des törichten Trionischen Doktors, der auf dem Schlachtschiff aufkreuzt und behauptet, sie würde ihm gehören.

Sie hat zwar ein eindeutiges Match, aber wen der beiden wird sie als Partner auswählen?

KAPITEL 1

Miranda Doyle, Xalia City, Südlicher Kontinent, Planet Trion

SANFTE FINGER WANDERTEN durch meine dunkle Mähne, als Brax sie zähmte und zu einem langen Zopf flocht. Ich kniete auf dem Bett, schloss meine Augen und genoss seine Aufmerksamkeit. Auch wenn die Geste nicht erotisch gemeint war, so war sie in ihrer Einfachheit doch ziemlich erregend. Ich kam mir vor wie in einem Film, den ich vor meinem Transport hierher gesehen hatte—einem Film, in dem der Protagonist seiner Geliebten erst die Haare geflochten und sie dann in einen speziellen Raum voller Sextoys geführt hatte.

Ja. Genauso fühlte es sich an. Denn ganz sicher würde Brax, einmal mit mir fertig, *stundenlang* mit mir *spielen.*

Ich hatte wochenlang auf diese Nacht, auf seine Rückkehr gewartet. Doktor Valck Brax war auf Trion ein gefragter Mann. Jeder in der Stadt wusste, dass er ein brillanter Arzt und der engste Berater von Senator Roark war. Was viele ignorierten war, dass Brax regelmäßig auf gefährliche Missionen geschickt wurde, über die er mir nichts verraten konnte.

Er war oft abwesend und ich war nicht die Einzige, die ein Stück von dem prächtigen Mann abhaben wollte. Seine dunklen Haare, seine noch dunkleren Augen und sein verschmitztes, verheißungsvolles Lächeln gehörten aber ganz mir … zumindest für ein oder zwei Tage. Dann würde er wieder zum Dienst gerufen werden, seine Uniform überstreifen und wieder Militärspion und Arzt werden. Nackt gehörte er mir. Angezogen war er ein pflichtbewusster Trionischer Krieger, der treu seinem Senator diente.

Seine Finger zogen straff meine Haare zurück, dann rubbelte er meiner Schläfen, um ihnen die Spannung zu nehmen. Ich wollte zu einer Pfütze dahinschmelzen und ihn anbetteln, damit er stundenlang weitermachte, aber uns lief die Zeit davon. Ich wollte keinen einzigen Moment davon vergeuden. Meine Anspannung aber hatte mich verraten. Ich konnte nicht aufhören über die Vergangenheit nachzudenken. Meine Vergangenheit.

Ich war quer durchs Universum auf diesen fremden Planeten gereist, weil es auf der Erde keine Perspektive mehr für mich gab. Ich hatte willentlich meinen Ex-Mann zurückgelassen und mehrere Lichtjahre zwischen uns gelegt. Er wollte mich die ganze Zeit bekehren und hatte mir eingeredet, dass ich vom Teufel besessen war, weil ich Sex brauchte oder auch nur daran gedacht hatte. Nach dem Akt war er jedes Mal praktisch unter die Dusche gerannt. Ich hatte mich oft gefragt, ob er sich im Dunkeln nicht den kleinen Zeh stoßen musste—schließlich hatten wir es nie bei Licht gemacht. Er hatte mich überzeugt, dass irgendetwas mit mir nicht in Ordnung war. Dass ich irgendwie verdorben war. Pervertiert. Schmutzig sogar.

Jetzt allerdings wusste ich, dass mit *ihm* etwas nicht gestimmt hatte.

Die Scheidung war mir leicht gefallen. Zusammen mit Natalie und Baby Noah nach Trion zu kommen war mir sogar noch leichter gefallen. Ich hatte mich damals nach etwas gesehnt, aber ich hatte nicht gewusst, was es war. Heute, nach Monaten mit Brax, *wusste* ich es endlich. Ich wollte das, was Natalie hatte. Ich wollte einen Partner wie Roark. Ich wollte ein eigenes Baby. Eine Familie. Sicherheit. Schutz.

Ich sehnte mich nach *Zugehörigkeit.*

Nach meiner Ankunft war ich vollends damit beschäftigt gewesen, mich um Noah zu kümmern und Natalie den Rücken freizuhalten. Noah war jetzt zwei—und kein kleines Baby mehr. Und ich hatte mich langsam erholt. Ich hatte mir immer einen Ehemann gewünscht, nach der Scheidung aber war ich noch nicht bereit gewesen, mich auf einen anderen Mann einzulassen.

Ich war hierher auf einen fremden Planeten gekommen, um *mich* zu finden.

Ich hatte so viele Fragen. Zum Beispiel warum ich den einfachen Blümchensex mit meinem Ex nie besonders prickelnd gefunden hatte. Warum er mich erniedrigt und beschimpft hatte, weil ich Dinge wollte, die er einfach nicht nachvollziehen konnte. Die nicht einmal ich verstehen konnte. Ich wusste nicht, was ich denken sollte. Oder wie ich mich fühlen sollte. Oder was ich wollte.

Bis ich Brax getroffen hatte. Bis er mir die Augen geöffnet und mir gezeigt hatte, was genau ich wollte. Was ich brauchte. Wonach ich mich verzehrte.

An den Haaren ziehen.

Fesseln.

Der scharfe Stich nach einer Runde Arsch versohlen.

Die heftige Stöße eines enormen Schwanzes, der mich von hinten ausfüllte, während ich hilflos und gefesselt war.

Das neue Selbstbewusstsein, das ich in den letzten Monaten entdeckt hatte, hatte ich Brax zu verdanken. Aber heute Abend würden wir entweder einen Neuanfang wagen oder die Sache beenden. Das *unverbindliche Arrangement*, das wir seit Beginn unserer Beziehung pflegten, reichte mir nicht mehr. Ein paar wilde Tage, sobald er in der Stadt war, konnten mich nicht mehr zufriedenstellen. Oh, sicher, er würde mir Orgasmen bescheren und mich zu einem verschwitzten Häufchen Elend machen, aber ich wollte mehr von ihm, als nur Sex.

Ich war endlich wieder bereit mein Herz zu verschenken—und Brax war bereits auf halbem Wege dabei, es für sich zu beanspruchen.

Ich wollte all das, was Natalie hatte, und das war auch der Grund gewesen, warum ich ihr nach Trion gefolgt war. Ich passte liebend gerne auf Noah und seine neugeborene Schwester auf, aber als Natalie ein zweites Kind bekommen hatte—ein kleines Mädchen, das nur wenige Tage alt war—hatte ich zum ersten Mal seit Jahren echte Sehnsucht verspürt. Ich musste sie nur auf dem Arm halten und hatte praktisch einen Eisprung.

Aber Brax wollte keine Kinder. Er wollte keine Partnerin. Er wollte nur ein bisschen Spaß haben. Ich war ihm nicht böse. Ich hatte auch nicht mehr gewollt … bis sich das geändert hatte. Und das war nicht seine Schuld.

“Du bist stiller als sonst, Miranda.” Brax band das Zopfende zusammen und senkte seine Lippen an meine nackte Schulter. Die weiche, hitzige Berührung glühte wie Feuer auf meiner Haut.

“Verzeihung, Master.” In diesem Zimmer, seinem Schlafzimmer, sprach ich ihn nie mit seinem Namen an. Das war nicht erlaubt. Sobald wir zusammen waren, war er in jeder Hinsicht mein Master und ich hatte gelernt, dass meine Unterwürfigkeit mir erstaunliches Vergnügen bereitete.

Er kam näher und ich musste keuchen, als seine nackte Brust sich an meinen Rücken schmiegte. Ich trug so gut wie nichts, nur eine sexy Schicht aus hauchdünner Seide, die weder seine Hände, seinen Mund oder seinen Schwanz daran hindern würde irgendeinen Teil von mir zu erkunden. Das Outfit war so hübsch; fast schon dekadent. Ein schimmernder Stoff, der wie durchsichtiger, flüssiger Opal leuchtete. Auf der Erde hatte ich nichts Vergleichbares gesehen und ich hatte zwei Wochen meines Gehalts von meinem Job im Jugendcenter aufgebracht, um es heute Abend für Brax zu tragen.

“Möchtest du mir erzählen, was dich bedrückt?” Seine Hände verweilten auf meiner Taille und ich konnte seine Geduld spüren. Ich konnte sie im sanften Tonfall seiner Stimme hören. Er würde warten. Er würde zuhören. Aber das war es nicht, was ich von ihm brauchte, denn die Antwort kannte ich bereits. Wir hatten ausgemacht, dass das hier nichts Ernstes werden würde und genau so hatten wir es auch gehandhabt. Ein paar wilde Nächte und dann würde er sich wieder verabschieden. Es war heiß, einfach und unkompliziert.

Bis es plötzlich nicht mehr so einfach war. Nicht in meinem Kopf … und auch nicht mehr in meinem Herzen. Scheiße. Ich würde auf keinen Fall unsere gemeinsame Zeit ruinieren und ihm sagen, dass ich mehr wollte, dass ich unsere Abmachung ändern wollte. Das war ihm gegenüber nicht fair, besonders, da ich seine Antwort bereits kannte. Er war zufrieden so. Und aus diesem Grund sagte ich nichts. Ich *wollte nicht* noch einmal von ihm hören, wie sehr er seinem Volk verpflichtet war. Dass er Roark gegenüber loyal war. Ich wollte keine endlos lange Liste an Gründen hören, warum er nicht bereit war, eine Partnerin zu nehmen. Warum er es nicht *konnte*. Ich *wusste* bereits, was er sagen würde.

Nein. Ich wollte vergessen—und spüren. Und wenn es das letzte Mal sein sollte, dann sei es so.

"Nein, Master."

"Dann sag mir, was du brauchst."

Das sanfte Säuseln seiner Stimme durchdrang mich, es drang bis ins Innerste meines Wesens vor. Diese leise Bitte öffnete Pforten in meinem Verstand, die zuvor noch keiner durchdrungen hatte. Vor Brax war ich viel zu verängstigt gewesen, um überhaupt einen Blick darauf zu werfen. Aber jetzt verstand ich es. Ich musste mich hingeben. Ich musste mich sicher fühlen und jemand anderes die Kontrolle überlassen. Ich musste darauf vertrauen, dass er sich um mich kümmern würde. Dieses Bedürfnis zwang mich in die Knie, es brachte mich dazu, ihn *Master* zu nennen und ihm alles zu geben, was er wollte. Und zwar, weil ich darauf vertraute, dass er sich meiner annehmen würde. Mein ganzes Leben lang hatte ich Angst gehabt. Mit Brax gehorchte ich … und ich war frei. Ich mochte mich zwar unterwerfen, aber er würde jeden meiner Wünsche erfüllen. Und im Moment gab es nur eine Sache, die ich wollte. Die ich *brauchte.*

"Dich."

Das Wort war kaum mehr als ein Seufzen und so sprichwörtlich wahr, dass er es wohl kaum begreifen konnte. Immerhin hatte ich den ersten Schritt gemacht. Vor fast zwei Jahren war ich mit Natalie und Noah nach Trion gekommen. Damals war ich noch nicht bereit gewesen. Aber vor sechs Monaten dann war ich zu Brax gegangen und hatte ihm meinen Körper angeboten, hatte ihn gebeten mit mir zu schlafen. Zuerst hatte er abgelehnt. Gott sei Dank hatte er mich nicht ausgelacht oder mich dafür gedemütigt. Er hatte mich mit seiner intensiven Art angesehen und dann hatte er mich aufgefordert ihm zu erklären, warum ich unbedingt gefickt werden wollte. Von ihm. Einem Fremden.

Trion war anders. Gott, so unglaublich anders. Die Männer auf Trion waren so ganz anders als die Männer auf der Erde, allen vorweg mein Ex. Mein Ex hätte mich verhöhnt und mich eine Schlampe genannt. Brax aber hatte gespürt, dass es einen guten Grund für meine Bitte gab, dass ich ihn nicht einfach nur gefragt hatte, weil ich es besorgt kriegen wollte oder weil ich einen finsteren Dämon in mir hatte.

Also war ich das größte Risiko meines Lebens eingegangen und hatte ihm die Wahrheit gesagt. Ich hatte ihm von meinem Ex erzählt, von meiner Vergangenheit und dass ich nicht wusste, was mein Körper wirklich brauchte, dass ich jedoch … *irgendetwas* vermisste. Ich hatte zugegeben, dass ich seit Monaten die Frauen auf Trion beobachtet hatte. Dass ich ihren Schmuck und ihre schimmernden Gewänder bewundert hatte. Sie waren schamlos. Gewagt. Sie unterwarfen sich ihren Männern mit beneidenswerter einer Ruhe und Bereitwilligkeit. Sie waren zufrieden, glückselig, dreist und sinnlich. Trionische Frauen baten nicht um Sex. Sie *strahlten ihn aus*.

Zu dieser Zeit hatte ich nichts anderes ausgestrahlt als anhaltende Zweifel über meine misslungene Ehe. Und genau das war es, was Brax auch aufgefallen war. Und dann hatte er meine Einstellung so rücksichtslos eindringlich hinterfragt, dass ich ihn einfach nur bewundern konnte. So rücksichtslos er mit seinen Fragen über meine Vergangenheit gewesen war, so gnadenlos hatte er auch von mir gefordert, diese zu überwinden.

Einen Arzt als Liebhaber zu haben brachte gewisse Vorteile mit sich. Per Injektion hatte er sich um die Verhütung gekümmert und mich über den Tisch gebeugt und mir befohlen stillzuhalten, während er mich *untersuchte*. Besser gesagt hatte er mich überall berührt—und ich meine wirklich überall—und herausgefunden, was mich heiß machte.

Heilige Scheiße, kein Wunder, dass Trionische Männer so … scharf waren. Sie nahmen sich, was sie wollten, im Gegenzug aber gaben sie umso großzügiger, weil—hoppla!—ich hatte herausgefunden, dass ich liebend gerne vorne über gebeugt und so lange bearbeitet wurde, bis ich ein verschwitztes, zufriedenes Durcheinander war. Ich liebte die Gewissheit, dass mein Körper ihn antörnte, dass er mich am allerliebsten nackt sah. Er liebte mich so sehr nackig, dass er mich nie lange Kleider tragen ließ, wenn wir zusammen waren.

Und jetzt nutzte er all das, was er über mich erfahren hatte und strich mit der Handfläche über meinen Rücken und beugte mich vorwärts. Ich folgte seiner Anweisung und bückte mich vor, dann ging ich runter auf alle viere, während er hinter mir meine Arschbacken massierte. Er zog sie auseinander und sah sich dort satt. "Du hast eine hübsche Pussy."

Seinem gründlichen Blick ausgeliefert zu sein beschämte mich nicht im Geringsten; im Gegenteil, es machte mich heiß. Feucht. Ich erschauderte und wünschte, er würde seine Finger in meine feuchte Hitze hineinschlüpfen lassen, meinen Kitzler anfassen. Mich lecken. Alles. Das Warten war die reinste Qual und ich winselte.

Seine Hand setzte mit einem lauten Klatscher auf meinem Arsch auf, sodass meine Brüste unter mir nur so wackelten. Noch ein Hieb. Das Stechen breitete sich in meinem Körper aus und wanderte direkt in meine Mitte. "Ich habe dir ein Kompliment gemacht. Was sagt man darauf?"

Ich hisste, als die Hitze sich in mir ausbreitete. "Danke, Master."

Zufrieden beugte er sich nach vorne und presste seine Lippen auf meinen jetzt knallroten Hintern. "Ein hübsches Kleid, Miranda. Hast du es für mich angezogen?"

"Ja, Master." Was für eine Frage. Ich wollte ihn um den Verstand bringen. Damit er sich auf mich stürzte und mich durchfickte, bis ich nicht mehr geradeaus gucken konnte. Er sollte einen Blick auf mich werfen und beschließen, dass er schließlich doch eine Partnerin brauchte. Aber ich hätte es besser wissen sollen. Brax hatte *nie* die Beherrschung verloren. Nicht ein einziges Mal.

"Ich habe auch ein Geschenk für dich." Die Art, wie er diese Worte sagte, fühlte sich in meinem Kopf bereits wie Sex an. Die gemeinsamen Stunden waren ein Geschenk, das ich mir einmal im Monat machte, wenn er von seiner letzten, hochriskanten Geheimmission zurückkehrte. Er mochte zwar ein Arzt sein, aber er diente in weit gefährlicheren Missionen als die anderen Krieger, die in der Hauptstadt Xalia stationiert waren. Diese Einsätze waren seinen Worten nach der Grund, warum er sich keine Partnerin nehmen konnte. Der Grund, warum er darauf bestanden hatte, dass diese *Sache* zwischen uns nur vorübergehend war, eine lockere Vereinbarung unter Freunden.

Zuerst hatte er sich darauf konzentriert jede mentale Barriere einzureißen, die mein Ex mir in den Kopf gepflanzt hatte. Er hatte mich an Orten berührt, an denen ich noch nie berührt worden war. Mich gezwungen mich selbst zu berühren. Ihn zu berühren. Er hatte jede meiner Grenzen ausgetestet, bis ich keine mehr hatte. Und als er mich in eine unverhohlen sexuelle Kreatur verwandelt hatte, hatte unsere Beziehung sich verändert. Jetzt erfüllten wir unsere gegenseitigen Bedürfnisse. Körperliche Bedürfnisse.

Jetzt waren wir Fickfreunde. Ein Stelldichein. *Freunde mit einem gemeinsamen Interesse.*

Ich wollte aber nicht seine Fickfreundin sein. Nicht mehr jedenfalls. Ich wollte *sein Ein und Alles* sein. Ich war wieder bereit für eine Partnerschaft. Ich wollte jemanden an meiner Seite haben. Ich war bereit mein Herz zu verschenken, aber ich wollte keinen Fehler machen. Nicht dieses Mal. Also würde ich einfach akzeptieren, was Brax heute Abend *zu bieten hatte*, schließlich war es so verdammt gut und mit dem Rest meines Lebens würde ich mich später befassen.

“Danke, Master.”

Er schmunzelte und ich schloss genüsslich die Augen. Es kam selten vor, dass ich ihn zum Lachen brachte. “Möchtest du nicht wissen, was ich dir gekauft habe, ehe du dich bei mir bedankst?”

Das wollte ich. Aber ich schwieg, blickte nicht über meine Schulter, um zu sehen, was es sein könnte. Bis ich spürte, wie seine Finger auf der Suche nach meinem Kitzler zwischen meine Beine schlüpften. Erst dann riss ich den Kopf hoch. Ich hisste, als etwas Festes auf dem empfindlichen Stück Fleisch andockte und stöhnte überrascht auf, als ich einen leichten Schmerz verspürte. Binnen Sekunden aber wandelte sich der Schmerz in lustvolle Wonne und ich keuchte nur so. “Danke, Master.”

Seine Hand strich einmal mehr über meinen Rücken, sie kreiste beruhigend, während ich mich an den festen Druck an meinem Kitzler gewöhnte. “Ich hab’ noch zwei andere, Miranda. Setz dich auf und zeig mir deine Brüste.”

Ich setzte mich auf die Fersen zurück und ging wieder in Hockstellung. Er kam herum und blickte runter zwischen meine gespreizten Schenkel, auf den Schmuck, der jetzt von meiner Pussy baumelte. Oh ja, Trionische Männer liebten es, ihre Frauen zu schmücken. Sie zu verzieren und sie sogar noch ansehnlicher zu machen. Noch erregter.

Ich sah zu, wie er meinen Nippel zupfte und zwickte bis er hart wurde, dann befestigte er die geschmückte Klammer. Der Stich war sofort zu spüren und mein gesamter Körper erschauderte vor Lust, als er sich an dem anderen Nippel zu schaffen machte. Ich brauchte das hier, das Stechen, den Schmerz, den Schock, der meine Pussy regelrecht triefen ließ.

Ich schaute nach unten und sah, dass grüne Edelsteine von den festen Klammern baumelten. Mit jedem hastigen Atemzug schwankten sie hin und her. Ich fühlte mich schön. Besonders. Wie der Mittelpunkt seines Lebens. Ich wollte alles, was er mir geben konnte … und mehr.

Ich war noch nicht sicher, was genau dieses *mehr* war, aber ich spürte es in mir, wie ein immer wiederkehrender Gedanke. Egal, wie viele Male Brax mich zum Höhepunkt brachte, ich brauchte noch etwas anderes; es war eine tiefe Sehnsucht, die ich fast jeden Tag meines Lebens verspürt hatte. Aber dieses seltsame Gefühl der Leere war so tief in mir vergraben, dass ich es nicht einmal benennen konnte. Diese leere Stelle schmerzte die ganze Zeit, als ob meine Seele verletzt worden war und sich niemals erholt hatte.

Zuerst hatte ich das schmerzende Gefühl der Einsamkeit ignoriert und die Schwärze als jugendliche Angst abgetan. Später, nachdem ich geheiratet hatte, hatte ich angefangen zu glauben, dass das Gefühl womöglich eine permanente Nebenwirkung meines gefühlskalten, rigiden Ex war. Jetzt aber war ich mir da nicht mehr so sicher. Er hatte mir das Gefühl gegeben, als ob mit mir irgendetwas nicht in Ordnung war, als ob ich abartig wäre. Ein Monster.

Das hatte ich auch geglaubt, bis Brax mich aus meinem sexuellen Gefängnis befreit hatte. Und wenn mein Ex mich jetzt sehen könnte? Nackt bis auf einen seichten Stoff, klitschnass und völlig verzweifelt nach einem Alien, der meinen Kitzler und meine Nippel mit Klammern versehen hatte? Er würde mich überhaupt nicht wiedererkennen. Und doch, ich wollte mehr. Sooo viel mehr.

Irgendwie wusste Brax genau, was mich wuschig machte, was mich antörnte. Er konnte mich genauso leicht kommen lassen, wie er mich küssen konnte. Mit ihm zusammen konnte ich die Orgasmen gar nicht mehr zählen, konnte ich gar nicht mehr sagen, wo er mich überall berührt hatte. Und trotzdem reichte es nicht. Die Klammern waren der Beweis seiner Dominanz, aber insgeheim sehnte ich mich nach mehr. Ich brauchte etwas, war aber nicht in der Lage es zu benennen.

Mein Körper war nicht kaputt. Das Vergnügen, das er mir bereitete, war der Beweis dafür. Es gab da aber ein tiefes sexuelles Verlangen in mir, das selbst er noch nicht erreicht hatte. Was zum Teufel war nur los mit mir? Was fehlte mir noch?

Brax berührte mich und ich erzitterte. Mein Körper war wieder ganz. Aber mein Geist? Mein Herz? Meine Seele? Da war ich mir nicht so sicher. Und vielleicht war das auch der Grund, warum es zwischen uns nicht mehr geben konnte. Nicht mehr als Sex. Rohen, heißen, unverbindlichen Sex.

Urplötzlich tat sich in meinem Geiste ein quälender Schmerz auf, wie eine Explosion Feuerwerkskörper, aber ich unterdrückte ihn, zwang ihn in seinen Käfig zurück. Es war nicht die richtige Zeit oder der richtige Ort. Ich wollte diese Dinge jetzt nicht durchleben. Ich wollte nicht an die Vergangenheit oder die Zukunft denken.

Ich wollte etwas empfinden und er machte einen hervorragenden Job. Ich hechelte und versuchte mit der Hitze klarzukommen, dem Brennen, dem beißenden Schmerz. Dem lieblichsten Vergnügen.

Braxs Handfläche berührte meine Wange und erst dann wurde mir klar, dass ich die Augen zugemacht hatte. Sein Daumen strich liebevoll eine einzelne Träne weg, die aller Beherrschung zum Trotz entronnen war.

"Bist du sicher, dass du hier sein möchtest, Miranda? Deine Pussy ist zwar vor Verlangen klitschnass, aber du bist ... so still. Wir können auch aufhören." Braxs Stimme war sanft, aber er meinte es ernst. Wir hatten eine Vereinbarung, uns gegenseitig Vergnügen zu bereiten, mehr nicht. Ich würde ihm nicht alle meine Ängste mitteilen. Er wusste schon mehr als genug über meine Vergangenheit. Mehr als irgendjemand sonst auf diesem Planeten. Sogar mehr als Natalie.

"Nein, Master. Ich möchte nicht aufhören. Ich brauche es. Ich brauche dich."

Brax beugte sich nach unten und küsste mich zärtlich. Seine Berührung war voller Billigung und ich wusste, dass er meine Worte akzeptieren und nicht auf Antworten drängen würde. Schließlich verlangte ich auch keine Antworten über seine Missionen, darüber, wann er zurückkehren würde oder ob er noch jemand anderes fickte. Er war schließlich nicht mein Partner.

Der Kuss wurde immer heißer und ich zitterte. Ich lehnte mich nach vorne und konnte spüren wie die Edelsteine hin und her schwankten. Ich hob meine Arme an seine Brust und stahl jene Berührung, von der ich wusste, dass er sie mir später verweigern würde.

Er umpackte meine Handgelenke und hob meine Hände über meinen Kopf; er ließ es nicht zu.

"Komm, Miranda." Brax verwendete nie den Ausdruck, den andere Männer mit ihren Frauen verwendeten, *Gara*. Es gab keine wörtliche Übersetzung für den Begriff und meine NPU ließ ihn einfach stehen, sobald er aufkam. Er musste so etwas wie *Liebste* bedeuten. Als ich Roark danach gefragt hatte, hatte er gesagt, dass das Wort buchstäblich einen Teil seiner Seele bezeichnete. Es war so romantisch und eine weitere Erinnerung daran, was Brax und ich einander bedeuteten. Wir kümmerten uns um die sexuellen Bedürfnisse des anderen, aber wir waren nicht eine Seele.

Nicht einmal annähernd. Und deswegen hatte ich nie diesen Ausdruck aus seinem Munde gehört.

Voller Gehorsam stand ich auf und folgte ihm zu einer gepolsterten Bank, wie sie in den Privatquartieren der Männer auf Trion üblich war. Brax besaß zwei solcher Bänke, eine war schmal wie ein Sägebock und er konnte mich darüber beugen und meine Handgelenke und Knöchel fesseln, sodass meine Pussy und mein Arsch zur Schau gestellt wurden. Die andere war eine gepolsterte Schaukel mit Plätzen für meinen Rücken, Arme und Beine, damit er mich festgeschnallt in der Luft baumeln lassen und mit mir machen konnte, was er wollte.

Ich liebte alle beide.

Heute Abend führte er mich zur Schaukel und ich musste mich vor Ungeduld zusammenreißen, als er meine Arme und Beine in die Ledergurte schnallte, die an langen Ketten von der Decke runter hingen. Einmal gefesselt schob er meine Knöchel weit auseinander und klappte meine Pussy auf, dann ließ er mich langsam nach hinten sinken bis meine Füße vom Boden abhoben und ich mit dem Gesicht nach oben in der Luft schwang. Er stellte sich zwischen meine gespreizten Beine und türmte sich wie ein Sexgott über mir auf und meine Pussy zog sich freudig zusammen.

“Möchtest du denn nicht wissen, was dein Schmuck sonst noch so kann?” fragte er, als er mich betrachtete. Er konnte meine zusammengekniffenen Nippel sehen, die prallen Spitzen waren jetzt ein sattes Rot. Meine Pussy war kahl und für ihn geöffnet, sie war mit einem grünen Edelstein gekrönt, der an meinem Kitzler zog. Er konnte sehen, wie feucht ich war, wie meine Pussy—und mein Arsch—sich vor geiler Vorfreude zusammenzogen. Ich fragte mich, ob er mich auf der Stelle ficken würde oder ob er mir erst noch ein Toy in den Arsch einführen und dann meine Pussy nehmen würde. Ich liebte alles. Wollte alles auf einmal.

"Ja, Master. Bitte." Ich wusste bereits, was die Schmuckstücke so auf dem Kasten hatten. Von den speziellen Geschmeiden, mit denen die Männer dieser Welt die Körper ihrer Frauen versahen, hatte ich schließlich schon gehört. Schmuck, der vibrierte und stimulierte und die Frauen an den Rand des Wahnsinns trieb. Er konnte mich gerne in den Wahnsinn treiben, ich war mehr als bereit. Die Klammern waren anscheinend nur der Anfang.

Wenn sie doch nur dauerhaft wären.

Wenn ich sie doch nur immer tragen könnte.

Mit einem nur allzu vertrauten Grinsen berührte er einen großen Fingerring an seiner rechten Hand. Ein kleiner Dreh und schon wurden mein Kitzler und meine Nippel von winzigen Elektroschocks durchgerüttelt, gefolgt von einer Vibration, die mich den Rücken durchdrücken und nach Luft schnappen ließ.

"Meine Fresse, was ist das?" keuchte ich. Er grinste. Ich wollte die Hüften verlagern, aber die Schaukel hielt mich fest und mir blieb nichts anderes übrig, als seine Zuwendungen über mich ergehen zu lassen. "Ich muss kommen, Master."

"Nein, wirst du nicht." Seinem Einwand folgte ein Schlag auf meinen Innenschenkel, er schlug gerade fest genug zu, um mich wieder abzukühlen. "Du kommst erst, wenn ich es dir erlaube."

Ich stöhnte, gehorchte ihm aber und kämpfte gegen die unerwartete Hitze, die durch meine Adern strömte.

Für ihn würde ich mich zurückhalten, denn letztendlich würde meine Selbstbeherrschung reichlich belohnt werden.

Brax beugte sich über mich, seine dunklen Augen verweilten auf den Juwelen, die von meinen Nippeln baumelten. Dann strich er mit dem Finger über meine inneren Schamlippen und zupfte sanft an dem Schmuckstück dort.

Ich musste stöhnen.

“Eines Tages wirst du wunderschön aussehen, Miranda, wenn dein Partner dich gebührend schmücken wird.” Seine Fingerspitzen zeichneten von einer Brust zur anderen eine Linie. “Hier wird eine Kette hängen.” Sein Finger fuhr bis zu meinem Kitzler runter und ich kämpfte mit der Schaukel, um mich ihm entgegenzupressen. “Und hier wird es auf deiner Haut hell erleuchten. Niemand wird daran zweifeln, dass du beansprucht worden bist.”

Er spreizte meine Schamlippen auseinander und legte seinen enormen Schwanz an meinem Eingang an. Die Schaukel hatte genau die richtige Höhe, damit er direkt in mich hinein gleiten konnte. “Ich werde dich jetzt ficken. Du wirst erst kommen, wenn ich tief in dir drinstecke.”

Er stieß gemächlich nach vorne, sodass sich meine Wonne in die Länge zog. Ein weiterer Fingertipp auf den Ring—es war die kleinste Fernbedienung, die ich je gesehen hatte—und ein weiterer Blitzschlag durchfuhr meinen Körper.

Sein Schwanz stieß in mir auf Grund, er dehnte mich aufs Äußerste und füllte mich komplett aus. Machte mich ganz. Dann langte er wie erwartet unter mich und führte zwei Finger in mein Poloch ein, er dehnte mich dort, während er mit seinem Schwanz in mich hineinstieß. Ich war rappelvoll und das leichte Brennen der Invasion bewirkte, dass ich am liebsten aufgeschrien hätte. Ich konnte nicht mehr und der Orgasmus überrollte mich, als jede Zelle meines Körpers sich zu verkrampfen schien.

Diese Ekstase, dieses Vergnügen, das er mir bereitete, war wie eine Droge. Ich war süchtig und nicht sicher, wie ich einem weiteren Fix widerstehen sollte. Aber das würde ich. Ich musstc es, denn ich gehörte nicht zu ihm.

Und so sehr ich mir auch etwas anderes erhofft hatte, seine Worte ließen meinen Körper auflodern und brachen mir gleichzeitig das Herz. Ich gehörte nicht zu ihm. Und er gehörte nicht mir.

KAPITEL 2

Doktor Valck Brax

Miranda war wunderschön, sie hatte alles um sich herum vergessen, als ich sie durch die ersten orgasmischen Zuckungen fickte. Sie war so heiß, so eng und die Art, mit der sich ihre Pussy beim Kommen um meinen Schwanz kräuselte, würde mein Verderben sein. Beim ersten Mal würde ich mich rasch erleichtern, meine Eier waren einfach zu voll, aber es würde nicht dabei bleiben. Ich würde sie heute Nacht noch oft durchnehmen und das hier war nur der erste von vielen Orgasmen. Das würde uns einige Wochen lang reichen müssen; bis ich wieder vom Dienst zurückkehren würde.

Ihr Anblick aber würde mich in langen, kalten Nächten wärmen und mir ein Bild vor Augen halten, wenn ich während meiner Abwesenheit meinen Schwanz umpacken und mir selber Erleichterung verschaffen würde. Das mehrschichtige Gewand, das sie trug, sah aus wie eine Geschenkpapierschleife aus lauter Prismen. Und in diesem Geschenk befand sich eine warme, feuchte Frau, die nur allzu begierig meinen Schwanz reiten wollte. Mit den Edelsteinen und Klammern, die aus den Stofffalten heraus lugten … *fark*, ich musste schon wieder kommen.

Die Juwelen, die dunkelgrüne Farbe schmiegte sich perfekt an ihre Haut. Ich hatte sie sorgfältig ausgewählt und hatte mich selbst als Narren beschimpft, als ich mir vorgestellt hatte, wie ich sie wahrhaftig ausschmücken würde. Sie für mich beanspruchen würde. Sie an ihrem empfindlichen Körper zu bewundern und mitanzusehen, wie mein Schwanz in ihrer feuchten Pussy ein und ausglitt, während sie keuchend um mehr bettelte, ließ mich einsehen, dass ich mich in ihr verloren hatte. Ich gehörte ihr. Ich konnte nicht länger dagegen ankämpften. Nicht mehr.

Das Problem aber war, dass sie mich nicht wollte. Sie wollte überhaupt keinen Partner. Sie war misshandelt worden und hatte kein Vertrauen mehr darin, dass ein Partner für sie da sein würde. Ich war sehr, sehr vorsichtig vorgegangen und hatte peinlichst darauf geachtet, dass ich es außerhalb des Schlafzimmers nicht zu weit mit ihr trieb. Drinnen allerdings gehörte sie mir. Sie beugte sich meinem Willen und bot mir ihren unterwürfigen Leib an, um sich von mir verwöhnen zu lassen. Außerhalb des Schlafzimmers aber? Sie war unbeugsam. Still. Zugeknöpft. Selbst hier musste sie weinen und würde ihren Kummer trotzdem nicht mit mir teilen.

Sollte ich aufdringlich werden, dann würde sie davonrennen, genau wie sie ihrem ersten Partner davongerannt war.

Sie hatte ihn auf der Erde zurückgelassen und wollte so verzweifelt weg von ihm, dass sie quer durch die Galaxie auf einen fremden Planeten gereist war.

Zu mir.

Und ich wollte sie nicht wie dieser Idiot verlieren.

Miranda war vor einigen Monaten zu mir gekommen und hatte mir von ihren Schwierigkeiten erzählt, wenn es darum ging körperliche Lust zu empfinden, vom mangelnden Geschick ihres vorherigen Partners, der seine Frau einfach nicht befriedigen konnte. Dieser Volltrottel. Sie hatte sich für sein Unvermögen selbst die Schuld gegeben, aber ich wusste, was wirklich dahintersteckte. Ihr Partner war einfach nur faul gewesen. Egoistisch. Er hatte sie nicht wirklich wertgeschätzt, um herauszufinden, was sie glücklich machte. Um sie mit jeder seiner Berührungen zum Winden, Kreischen und Erschaudern zu bringen.

Ich hatte seine Dummheit mehr als wieder gut gemacht und jeden Moment davon genossen. Jetzt, als mein Schwanz tief in ihr vergraben war und sie ihre zarte Haut zur Schau stellte, bedauerte ich sowohl den Umstand, dass Miranda mich nicht wollte als auch die Tatsache, dass ich mir keine Partnerin nehmen konnte. Mein Job war zu gefährlich und ich weigerte mich schlichtweg, eine Frau wochenlang allein zu lassen.

Aber ich konnte nicht einfach aussteigen. Meine Dienste im Auftrag von Senator Roark waren zu bedeutsam, um die Sicherheit unseres Volkes zu garantieren.

Jedes Mal, wenn ich mit Miranda zusammen war, war ich hin- und hergerissen. Ich wollte bei ihr bleiben und sie endgültig schmücken, sie zu meiner Partnerin machen. Und doch wollte ich sie auf Abstand halten. In Sicherheit und weit weg von meinem Job und der ständigen Gefahr, der ich ausgesetzt war. Sie hatte den ersten Schritt gemacht und mir ihren Körper angeboten. In dieser Zeit hatte sie nie darum gebeten meine Partnerin zu werden und für immer beansprucht zu werden. Sie hatte auch keine Forderungen gestellt. Sie genoss einfach das Vergnügen, das ich ihr bereitete, genau wie ich.

Ich konnte jetzt nicht länger darüber nachdenken, denn mein Schwanz steckte tief in ihr drin und ihre inneren Wände packten zu und melkten mir praktisch den Samen aus den Eiern. Ein guter Liebhaber dachte an nichts anderes als die liebliche Ekstase eines Frauenkörpers. Ich war ein aufmerksamer Liebhaber und das würde ich ihr auch beweisen.

Den Rest der Arbeit überließ ich einfach der Schaukel. Ich umfasste die Ketten, die von der Decke hingen und stieß. Sie rutschte von meinem Schwanz runter, bis allein meine Eichel sie offen hielt, dann ließ ich los, damit die Schwerkraft sie wieder zurück gleiten ließ. Wieder und wieder schaukelte sie auf meinem Schwanz auf und ab, bis sie völlig außer Atem war. Schweiß perlte auf ihrer Haut. Ihre Pussysäfte beschmierten meine Eier. Ihre geschmückten Brüste wurden ganz rot. Wie ein gutes Mädchen hielt sie ihren zweiten Orgasmus zurück. Sie *wartete.*

“Komm,” knurrte ich, als ich es nicht länger aushielt. Meine Wirbelsäule kribbelte und er platzte aus mir heraus, als dicke Spermaschwalle sie ausfüllten. Sie kam schreiend im selben Moment und nahm sich mit ungehemmter Leidenschaft alles, was ich ihr zu geben hatte, mit großzügigstem Herzen, mit dem willigsten Körper.

Ich drückte die Beine durch, damit ich nicht zu Boden sackte. Ihre bloße Lust hätte mich töten können, aber ich musste mich ihrer annehmen, ihre Bedürfnisse vor meine eigenen stellen, sie von der Schaukel losmachen und zurück zum Bett tragen. Ich würde vorsichtig die Klammern entfernen und all jene Stellen küssen, die so betörend gefoltert worden waren. Dann würde ich so lange ihren Kitzler lecken, bis sie erneut kommen musste.

Lange Minuten später, als der Job getan war,

schmiegte ich sie an mich. Ihr Aroma lag auf meiner Zunge, ihre Säfte bedeckten meinen Schwanz. *Fark.*

Miranda lag völlig erschöpft in meinen Armen. Fix und fertig. Verschwitzt, zufrieden und vom Sex wie vernebelt.

Ich liebte die Art, wie sie sich an mich kuschelte. Wie sie mir vertraute. Ihre vollen Lippen bogen sich an den Mundwinkeln leicht nach oben und ich musste ebenfalls lächeln. Ich war … glücklich. Zufrieden. Das Gefühl war normalerweise genauso flüchtig wie ein Orgasmus, aber die Genugtuung, die ich mit ihr empfand, hatte sich auf das hier aufgeweitet … *Kuschelzeit*, wie sie es genannt hatte.

Ich konnte sie genauso wenig an meiner Seite halten, wie ich die Gefühle, die sie meinem Körper entlockte, festhalten konnte. Und so zwangen mich mal wieder die Umstände dazu, das Ganze zu beenden. Normalerweise verweilte ich nach einer Mission mehrere Tage in der Stadt; eine Auszeit, die ich damit verbringen würde meinen Schwanz in Miranda zu vergraben und sie so lange kommen zu lassen, bis es ihr die Sprache verschlagen hatte.

Aber nicht dieses Mal. Ich war nur für eine Nacht in der Stadt, denn der nächste Einsatz rief. “Morgen früh muss ich wieder los.”

Sie verspannte sich, ihr Körper wurde vor Schreck ganz steif, als ob sie sich plötzlich unwohl fühlte, aber sie hob nicht den Kopf von meiner Brust. “So früh schon?”

“Senator Roark schickt mich in den Süden, damit ich mich um ein Problem dort kümmere.”

Sie entspannte sich wieder und ich zog das weiche Laken nach oben, um uns zuzudecken. Ihre zarte Haut sollte auf keinen Fall auskühlen. “Brax, glaubst du, dass du je mit diesen Einsätzen aufhören wirst? Dass du dich je mit einer Partnerin niederlassen wirst?”

Jetzt war ich an der Reihe zu erstarren. Was sagte sie da? War sie dabei mich zu fragen, ob ich ihr Partner werden wollte? Sie hatte gefragt, ob ich mir je *eine Partnerin nehmen* würde, nicht, ob ich *sie* zu meiner Partnerin machen würde. Mein Herz setzte einen Schlag aus, dann fing es aufgeregt zu hämmern an. Eine Sehnsucht nach etwas, das ich früher nie gewollt hatte. "Willst du … willst du damit sagen, dass ich mit dir zusammenbleiben soll, Miranda? Als dein Partner? Und meinen Dienst aufgeben?"

Sie wandte den Kopf und blickte zu mir auf. "Was? Nein. Das würde ich nie von dir verlangen. Ich würde dich niemals unter Druck setzen."

So schnell wandelte sich meine Freude in Enttäuschung. Vielleicht hatte ich sie nicht ausreichend gut befriedigt. Vielleicht wollte sie einfach nicht für immer mit mir zusammen sein. Sie war mit einem Objektiv zu mir gekommen, nämlich um herauszufinden, ob ihr Körper normal war. Um zu wissen, ob sie Lust erfahren konnte. Vielleicht hatte sie nichts anderes von mir gewollt, als eine Antwort auf diese Frage zu erhalten. Oh, ich hatte sie ihr ganz gut beantwortet. Wenn sie noch irgendwie an ihrem leidenschaftlichen Wesen zweifeln sollte oder daran, wie wunderschön und fantastisch sie war, wenn sie sich dem Vergnügen hingab oder wie scharf mich die Gewissheit machte, dass ich es war, der sie in diesen Zustand versetzte … dann würde ich ihr den Arsch versohlen, bis sie eine Woche lang nicht mehr sitzen konnte.

"Solange Roark mich braucht, werde ich ihm dienen." Ich sprach gleichmäßig und verbat mir jegliche Emotionen. Ich schob sie weg.

"Natürlich." Sie kuschelte sich an mich und drehte den Kopf, um meiner Brust einen Kuss zu verpassen. Einen Kuss, der mein Herz auf bisher ungekannte Weise schmerzen ließ. “Ich würde nie von dir verlangen, das du meinetwegen irgendetwas aufgibst. So hatten wir es nicht abgemacht.”

Nein, hatten wir nicht, aber ich hatte daran geglaubt —nein, ich hatte darauf gehofft. Ich hatte gehofft, dass ich sie nach Ende meiner Kriegerzeit zu meiner Partnerin machen würde. Sie erobern würde. Ihr meine Kinder schenken und sie mit Gold und Juwelen schmücken würde, wie es sich für einen richtigen Partner gehörte. Ich hatte gelogen, als ich ihr verkündet hatte, dass die Juwelen, mit denen ich ihren üppigen Körper verziert hatte ein Geschenk für sie waren.

Sie waren ein Geschenk *für mich* gewesen. Ich musste einfach einen Beweis dafür sehen, dass sie mir gehörte, auch wenn es nur eine Lüge war. Selbst, wenn der Schmuck nur vorübergehend war. *Trotzdem.*

Erdenfrauen waren ein Mysterium. Ich hatte nur Natalie, also Roarks Partnerin kennengelernt und das war nicht besonders hilfreich gewesen, um ihr Denken in Sachen Partnerwahl zu verstehen.

Aber Roark und Natalie waren über das Programm für interstellare Bräute verpartnert worden. Vielleicht waren sie deshalb so nahtlos aufeinander abgestimmt, als ob sie ein und dieselbe Person waren. Eine Seele.

Ich würde nie von dir verlangen, dass du meinetwegen irgendetwas aufgibst.

Niemals.

Das war eine verdammt lange Zeit.

Ich ignorierte den Schmerz, der sich in meiner Brust breit machte und strich ihr über die Schulter und küsste ihren Scheitel. “Morgen früh breche ich in den Süden auf. Ich werde mehrere Wochen lang dort bleiben. Ich möchte, dass du das weißt.”

“Okay.”

Sie hatte verstanden und war mir nicht böse. Den

Erdenausdruck hatte ich in den letzten beiden Jahren von ihr und Natalie aufgeschnappt. Ich hatte verstanden. Aber dieses einzelne Wort der Zustimmung tat gleichzeitig weh.

Meine Lippen verweilten in ihrem Haar, ihre dunkle Geschmeidigkeit war wie Balsam auf meiner Haut. Ich hätte für immer so bleiben und sie in den Armen halten können. Aber das Schicksal hatte andere Pläne. Am Morgen musste ich wieder aufbrechen, der vermehrte Waffenhandel an der Südküste verlangte meinen Einsatz. Roark hatte mich gebeten, mich persönlich darum zu kümmern.

In den kleineren Städten gab es immer wieder Tote, die den Territorialkriegen der Schmugglerfraktionen zum Opfer fielen. Das musste aufhören.

Ein Soldat würde mühelos identifiziert und getötet werden, sollte er versuchen einer Schmugglerbande beizutreten.

Ein Mediziner aber? Sie würden mich rekrutieren. Mich in ihren inneren Zirkel lassen. Ihre Frauen und Kinder versorgen und ihre Verletzungen behandeln lassen.

Erst, wenn es bereits zu spät war, würden sie die Bedrohung erkennen.

Wie es aussah, wurde ich unterschätzt. Jedenfalls von den Schmugglern. Und von der Frau, die in meinen Armen eingeschlafen war. Meine Brust unter ihren Augen war nass, ein Zeichen für noch mehr Tränen.

Selbst in dieser Sache vertraute sie mir nicht. Miranda hatte geweint und doch vertraute sie mir nicht mit der Wahrheit. Ihren Sorgen. Nur mit ihrem Körper. Alles, was ich ihr bedeutete war … *okay.*

Sobald ich von meiner nächsten Mission zurückkommen würde, würde ich alles in meiner Macht Stehende tun, um sie zu überzeugen, dass *okay* mir nicht ausreichte. Ich wollte sie für mich haben. Ich wollte ein *Ja* von ihren Lippen hören, aber nicht nur, wenn ich sie zum Höhepunkt brachte, sondern wenn ich sie fragen würde, ob sie meine Partnerin werden würde. Im Bett und außerhalb. Und wenn ich sie dafür fesseln und ihr tausend Orgasmen besorgen müsste, wenn ich ihre Barrieren einreißen müsste, bis sie schluchzend, durchgeschwitzt und erschöpft nur noch dieses eine Wort hervorbrachte; ich würde es tun.

Sie gehörte mir. Sie wusste es nur noch nicht.

KAPITEL 3

Miranda, Privatquartier, Xalia City, Fünf Wochen später

"NA SCHÖN, MÄDEL, ICH HAB' Wein mitgebracht."

Natalie hielt eine Flasche blasser Flüssigkeit hoch und kam in mein Quartier gelaufen. Ich hatte ihr eine Nachricht geschickt und sie war in weniger als einer Stunde aufgetaucht—zum Glück nicht mit leeren Händen. Mit einem Neugeborenen, einem Kleinkind und einem *überaus* aufmerksamen Mann war ich beeindruckt, dass sie sich so schnell losreißen konnte.

Die Tür zu meinem Wohnzimmer schob sich geräuschlos wieder zu und ich folgte ihr in den kleinen Küchenbereich. Zum Glück gab es selbst auf Trion so etwas wie beste Freundinnen. Ich konnte mir gar nicht vorstellen, wie es wäre, wenn ich ohne sie auf der Erde zurückgeblieben wäre. Hier, auf einem neuen Planeten, brauchten wir uns einfach viel zu sehr. Sie hatte natürlich noch ihren Partner Roark. Und den kleinen Noah, der jetzt dank Roarks Genen gar nicht mehr so klein war. Und Baby Talia. Ich grinste, als ich daran dachte, wie viel Ärger Roark schon bald ihretwegen bekommen würde. Sie war erst fünf Wochen alt und das kleine Mädchen hatte ihren Papa bereits ordentlich um den Finger gewickelt, genau wie ihre Mama.

"Die Flasche sieht etwas anders aus als auf der Erde, aber der Wein schmeckt genauso," erklärte Natalie und griff nach zwei Gläsern auf dem Tresen. Sie hatte zwei Kinder und sah trotzdem umwerfend aus. Sie war das ganze Gegenteil von mir … groß, blond, verdammt hübsch.

Ich hatte langweilig braune Haare und unscheinbare Gesichtszüge. Ich war nicht sonderlich hübsch, meine Nase war zu lang, mein Kinn war zu spitz, mein linkes Auge war etwas größer als das rechte und ich war nie aus meiner schlaksigen Teenagerphase herausgewachsen. Eine Laseroperation kurz nach Ende der High School hatte meine Kurzsichtigkeit behoben, aber selbst ohne die Brille, die ich fast mein gesamtes Leben lang getragen hatte, fühlte ich mich wie ein neugeborenes Fohlen, das sich mit wackeligen Beinen im Laufen übte. Mit dem *Selbstvertrauen* hatte es bei mir nie so richtig geklappt. Seit ich Brax kannte, ging es etwas besser, aber ich war immer noch ich.

Mein gutes altes Ich.

"Ich bezweifle, dass eine Flasche reichen wird."

"So schlimm, hm?" Natalie neigte verständnisvoll den Kopf zur Seite und verzog das Gesicht. "Also ich weiß, wo der Koch den Vorrat aufbewahrt. Aber erst musst du mir verraten, was los ist."

Natalie machte eine Faust und streckte den kleinen Finger raus. "Schwörst du?"

Ich musste lachen. "Ich schwöre."

Wie überkreuzten unsere kleinen Finger und besiegelten den Schwur. Zum Glück wusste sie, dass Alkohol nötig war, wenn ich bei ihr einen Notruf absetzte. Genau das brauchte ich jetzt. Eine große Flasche Wein und eine feste Schulter zum Anlehnen, Heulen, Kreischen und Betrinken. Wir waren bereits auf der Erde befreundet gewesen. Nach ihrer Verpartnerung mit Roark war ich ihr dann nach Trion gefolgt. Natalie hatte darauf bestanden, dass ich sie und Noah begleitete. Da Roark ein Senator war, hatte er den Transfer sofort abgesegnet. Ich lebte seit zwei Jahren mit Natalie auf dem Planeten und konnte jetzt Cookies und Eiscreme in der S-Gen-Anlage herstellen. Zwar trieb ich Natalies Mitarbeiter damit in den Wahnsinn, aber ich liebte es, einfach zu backen und hatte sogar gelernt, wie man Kuchenteig und die Zutaten für Schokoladenkekse oder Snickerdoodles—es gab einen guten Grund, warum ich Noahs Lieblingstante war—fermentieren und aufgehen ließ, allerdings hatte ich nicht dasselbe Gespür für guten Alkohol. Den *echten* Alk. Das flüssige Gold, das sie gerade großzügig in die Gläser schenkte. Gott sei Dank.

Ich brauchte einen ganzen Eimer voll davon. Eine Infusion direkt ins Herz.

Wie eine Gastgeberin reichte sie mir ein reichlich gefülltes Glas. Auf Trion wuchsen keine Weintrauben, jedoch gab es hier eine Frucht mit einem seltsamen Namen, die vergoren wurde. Ich war zwar alles andere als ein Weinkenner, der rauchige Noten und sonst was identifizieren konnte, aber meine Geschmacksknospen erkannten einen guten Wein, wenn sie einen schmeckten und dieses Zeug hatte es in sich.

Natalie nahm ihr eigenes, fast randvolles Glas und ließ sich aufs Sofa plumpsen. “Okay. Jetzt spuck mal aus.”

Ich ließ mich neben ihr aufs Sofa fallen und wir beide wussten, dass sie nicht den Wein damit meinte.

Ich seufzte, winkelte die Knie an und setzte mich in

den Schneidersitz. Mehr als ein Monat war vergangen, seit ich Brax das letzte Mal gesehen hatte und ich vermisste ihn. Schrecklich sogar. “Es ist wegen Brax.”

“Schon klar.” Natalie warf mir einen mitleidsvollen Blick zu. “Hast du heute mit ihm geredet? Was hat er gesagt? Ich erwürge den Idioten, wenn er dich schlecht behandelt.”

“Was? Wann? Ich dachte, er ist noch auf Mission.” Wovon zur Hölle redete sie da? Brax war hier? In der Stadt?

Und er hatte mich nicht angerufen?

Natalie, die von meinem Schmerz nichts mitbekommen hatte, redete weiter: “Gestern Abend war er hier und hat seinen Bericht abgeliefert. Ich dachte, er hat dir gesagt, er müsste morgen wieder aufbrechen und dass du deswegen traurig bist.” Ihre hochgezogenen Augenbrauen und sachlicher Tonfall fühlten sich an wie eine kalte Dusche. Brax *war* hier gewesen … in der Stadt? Er war lebendig und wohlauf und hatte mich wochenlang nicht gesehen.

Ich schüttelte den Kopf und spülte einen Schluck Wein runter. “Nein, das ist es nicht.”

Vielleicht wäre es so gewesen, wenn er mich kontaktiert hätte.

Aber er hatte nicht angerufen. Nicht ein Mal. Keine Nachricht. Keine Kommunikation. Nichts. Ich hatte seit fünf Wochen nichts mehr von ihm gehört und war krank vor Angst gewesen, hatte aber versucht mich auf meine kleinen Schüler zu konzentrieren und mir immer wieder vorgestellt, wie er mitten in der Wüste tot im Sand vor sich hin rottete. Ich hatte mir vorgestellt, wie ihm Skorpione aus den Augenhöhlen kletterten—dabei gab es auf Trion gar keine Skorpione. Ich hatte mich vor lauter Sorge fast verrückt gemacht und gedacht, dass ich letztes Mal einen Fehler gemacht hatte, dass ich ihn missverstanden hatte. Ich konnte es kaum erwarten, bis er wieder nach Hause kommen würde und ich ihn ein für allemal fragen konnte, ob er mein Partner sein wollte. Und er war *hier* gewesen? *In der Stadt? OHNE mich anzurufen?*

"Scheiße." Normalerweise fluchte ich nicht, jedenfalls nicht laut, aber das hier war einfach zu viel auf einmal, als dass ich auch noch meine Zunge hätte im Zaum halten können.

Das letzte Mal mit Brax war ich selig in seinen Armen eingeschlafen, nachdem die Orgasmusschaukel mir ein bisschen zu viel abverlangt hatte. Als ich aufgewacht war, war auch er eingeschlafen. Er hatte gesagt, dass wir nicht viel Zeit hätten, dass er am Morgen wieder losmusste.

Die Vorstellung, dass er verschwinden würde—schon wieder—, war einfach zu viel gewesen. Ich hatte es einfach nicht ausgehalten, mich von ihm zu verabschieden. *Schon wieder.*

Und nach dem, was er gesagt hatte, als ich an die Schaukel geschnallt war und er mich gefickt hatte—*eines Tages wirst du wunderschön aussehen, Miranda, wenn dein Partner dich gebührend schmücken wird*—, war klar, dass ich nicht bleiben konnte. Dass ich ihn nicht verabschieden konnte. Mir war klar geworden, dass er keinerlei Absicht hatte irgendwann mein Partner zu werden. Er hatte offen von einem anderen Mann gesprochen, der diese Rolle übernehmen würde, und zwar während er bis zu den Eiern in mir vergraben gewesen war.

Es sah mich mit einem anderen Partner. Nicht mit ihm.

Und so hatte ich mich mitten in der Nacht hinaus geschlichen. Zum ersten Mal seit Monaten hatte ich mich hinterher geschämt. Unser *einvernehmliches Arrangement* war mir irgendwie billig vorgekommen.

Ich nahm einen großen Schluck Wein. Dann noch einen.

“Na guuut.” Natalie zog das Wort in die Länge. “Was ist also los?”

“Ich glaube, du hattest recht,” sprach ich schließlich.

Ihr Mund stand offen und sie starrte mich mit großen Augen an. “Wie spät ist es?”

“Was?” fragte ich und runzelte die Stirn. “Halb neun vielleicht? Warum?”

“Weil du sonst *nie* sagst, dass ich recht habe. Das muss ich festhalten.”

Ich verdrehte die Augen und lachte, dann nahm ich noch einen Schluck. “Egal. Ich bin fertig.”

“Fertig? Womit?”

“Mit unserem Arrangement.”

Ihr schien ein Licht aufzugehen. “Warum? Ist der Sex nicht mehr gut?”

Ich dachte an Brax und die Art, wie er die Hüften schwang. Wie er auf magische Art die Zunge kreisen ließ, bis ich schielte. Die Art, wie er mich ausfüllte und sich Zeit ließ, bis er mich in jeder Hinsicht erobert hatte. Vorne, hinten und von der Seite. Er kannte jeden Zentimeter meines Körpers, bis ins intimste Detail. Meine Pussy zog sich zusammen, als ich an ihn dachte. Meine Nippel waren tagelang wund gewesen, nachdem er mir die edelsteinbesetzten Klemmen angelegt hatte. Nachdem er mich damit *geschmückt* hatte. Er hatte gesagt, dass er den Schmuck gerne an mir sah, dass er ein Geschenk für mich war. Und doch hatte ich sie auf seinem Nachttisch liegen lassen. Für die nächste Frau, die sein Bett teilen würde.

So wie beim Anlegen der Dinger sein Schwanz steif geworden war, hatte ihm der Anblick gefallen, hatte er die Wirkung auf mich genossen. Er wusste, dass sie mich heiß machten, dass sie mich feucht werden und um mehr betteln ließen. Ich wollte es wild und ungezügelt.

“Hallo? Erde an Miranda?” Natalies amüsierter Blick

verriet mir, dass sie *genau* wusste, woran ich eben gedacht hatte.

"Nein, der Sex ist nicht das Problem," erwiderte ich etwas betreten. Das kleine sexy Outfit, das ich in der Nacht getragen hatte, lag jetzt in einer Schublade verstaut. Heute Abend hatte ich ein paar weite Trionische Hosen an und ein gutes altes T-Shirt von der Erde. Mein Haar hatte ich zu einem lockeren Knoten hochgebunden. "Gott, sollte er noch besser werden, dann würde ich das womöglich nicht überleben."

Natalie grinste. Wir redeten nicht oft über ihr Sexleben; Roark war lächerlich eifersüchtig, aber ich wusste, dass sie auf ihre Kosten kam. Sie hatte gerade ein Baby bekommen und eigentlich müsste sie jetzt noch auf einer Eispackung sitzen und versuchen sich an ihre letzte Dusche zu erinnern. Im Gegensatz zur Erde gab es auf Trion aber diese tollen ReGen-Tanks. Zwei Stunden nach ihrer Entbindung war sie wieder völlig gesund gewesen. Bestimmt waren sie und Roark bereits dabei für Baby Nummer drei zu üben.

Und trotzdem fehlte mir ein Mann, der mehr als bloß Sex von mir wollte. Sicher, ich hatte Brax um unsere Abmachung *gebeten*, damit ich mir nicht ausgenutzt vorkam. Verdammt, ich hatte Braxs Schwanz genauso benutzt wie er mich. Aber ich war nicht seine Partnerin und war nur vorübergehend von ihm geschmückt worden. Natalie dagegen trug den üblichen Schmuck für eine Trionische Partnerin. Nippelringe—und nicht nur verzierte Nippelklammern, wie Brax sie mir angelegt hatte—und eine dünne Kette zwischen den Brüsten mit Roarks Medaillon. Sie waren zwar unter ihrer Kleidung versteckt, aber manchmal waren die Umrisse der *Verzierungen* darunter sichtbar. Und zu besonderen Anlässen trug sie speziell gefertigte Kleider, die ihren Nippelschmuck *zur Geltung brachten.* Verführerische, wallende Gewänder, in denen sie wie eine Sexgöttin aussah.

Wenn es darum ging, so sexy wie eine Trionische Frau auszusehen, dann hatte Natalie es auf jeden Fall drauf.

Wären wir nicht dabei, auf einem fremden Planeten Sex mit Aliens zu haben, dann hätte ich gedacht, dass wir in einer Art Wüstenporno für Scheiche lebten. Wir müssten nur noch in den Außenposten Zwei, also mitten in die Wüste gehen, um das Szenario komplett zu machen. Dorthin, wo die Regierenden des Kontinents sich für ihre Meetings einfanden. Roark hatte uns einmal mitgenommen. Genauer gesagt hatte er darauf bestanden, dass Natalie und Noah ihn begleiteten. Mich hatten sie nur mitgeschleift. Und um ehrlich zu sein, hatte ich die Zelte und die Piercings—oder *Verzierungen*—richtig geliebt. Sie waren intim und tabu und überaus erotisch. Der Sand aber? Ähm … nee. Auf den Sand konnte ich gerne verzichten.

Egal. Wie sich herausgestellt hatte, fand ich den Scheich-Porno *gar nicht so schlecht*, besonders mit meinem mega-sexy, super-dominanten Scheich. Oder Doktor.

“Sex reicht mir nicht mehr,” sprach ich, leerte mein Glas und griff nach der Flasche, um nachzufüllen.

Sie blickte mich schief an. Ihr Glas war immer noch voll. Ich war nicht sicher, ob sie trinken und gleichzeitig stillen durfte, aber womöglich hielt sie das Glas ja nur, um mir Gesellschaft zu leisten, denn sobald ich mit der Flasche fertig war, würde ich ihr Glas auch noch runterkippen. Damit auch ja nichts verschwendet wurde.

“Du hast dich in ihn verliebt.” Das kam nicht als Frage.

“Hättest du dich denn nicht verliebt?” konterte ich und nippte an meinem Wein. So langsam setzte die Wirkung ein, meine Gliedmaßen wurden schwer, Wärme sickerte durch meine Adern.

Sie neigte den Kopf zur Seite. “Ich verstehe. Ich habe Roark. Und nein, Sex allein würde mir nicht reichen. Ich wollte alles.”

“Und das hast du bekommen.” Meine Worte waren nicht abfällig oder mit Eifersucht gespickt, aber ich wollte dasselbe, was sie hatte. Einen eigenen Partner, der nach der Arbeit zu mir nach Hause kam. Der mit mir kuschelte. Mit dem ich Kinder bekommen konnte. Ein Mann, der mich hüten und beschützen würde. Ein Partner, der mich mit echten Nippelringen schmücken würde. Und Ketten. Und vielleicht sogar mit einem Klitorispiercing. Ich musste mich winden.

War mir überhaupt bewusst, dass die Gedanken, die mir da durch den Kopf jagten, total verrückt waren? Ja. Aber ich wollte das Zwicken in meinen Nippeln spüren, wenn mein Partner unterwegs war. Ich wollte das sanfte Ziehen spüren und wissen, dass der Mann, der sie mir angelegt hatte, zurückkehren würde. Der Schmuck war auf Trion ein Symbol der Liebe. Des Respekts. Der Eroberung. Er machte eine Frau noch hübscher und gab ihr das Gefühl etwas Besonderes zu sein. Und schön. Und obendrein waren die Schmuckstücke eine Bindung. Eine formelle Bindung.

Permanent. Real.

Und genau das sagte ich Natalie. “Als er mir die Nippelklammern angelegt hat, ist mir klar geworden, was mir fehlt. Dass unsere Abmachung nur vorübergehend ist.” Seufzend lehnte ich mich zurück und mir war klar, dass sie die Enttäuschung aus meiner Stimme heraushören konnte. Wie zum Teufel konnte ich mich nur in einen Mann verlieben, der mich gar nicht wirklich wollte … *schon wieder.* “Er ist wundervoll, aber sobald er mir nach dem Sex die Nippelklammern abgenommen hat, hat er sich davon gemacht.”

“Er ist ein sehr beschäftigter Doktor,” entgegnete sie,

als ob sein Job sein mangelndes Engagement entschuldigte.

“Er ist mehr als nur ein Doktor, das weißt du genau.” Ich starrte sie an und hoffte, dass sie etwas über seine strengen geheimen Missionen wusste, schließlich war sie mit dem Senator verpartnert. Aber sie schwieg.

Ich seufzte. “Roark ist ein Senator. Er hat unglaublich viel zu tun, aber für dich findet er immer Zeit. Für Noah und jetzt auch für Talia. Er *nimmt* sich die Zeit.” Als sie etwas sagen sollte, redete ich weiter. “Roark investiert sich in die Dinge, die er will. Dinge, die ihm wichtig sind. Dinge, die Priorität haben.”

“Brax investiert Zeit und Energie in den Sex mit dir,” entgegnete sie ruhig. “Mädchen, ich hab’ dich hinterher gesehen. Du hast ausgesehen wie durchgenudelt.”

Meine Wangen glühten und ich war nicht sicher, ob es am Wein oder an ihren Worten lag. Aber nach dem letzten Treffen mit Brax, selbst nach dem Schaukelsex, war ich nicht durchgenudelt gewesen. Meine Gefühle in dieser Nacht hatten mir total die Stimmung ruiniert. Mist verdammt.

“Ich brauche mehr als nur Sex,” konterte ich. “Wenn er mich *wirklich* will, voll und ganz, dann würde er alles daran setzen, um mit mir zusammen zu sein. Ich will alles, Natalie. Ich will das, was du mit Roark hast. Ich bin bereit. Als wir nach Trion gekommen sind, war ich noch nicht soweit, aber jetzt bin ich es.”

“Er ist ein guter Typ, Miranda. Hast du ihm von deinen Gefühlen erzählt?”

“Ich habe ihn gefragt, wann er soweit sein wird sich eine Partnerin zu nehmen.”

Das ließ sie aufhorchen. “Und? Was hat er gesagt?”

“Dass er Roark so lange dienen würde, wie er gebraucht wird.”

Sie sackte ins Sofa zurück und ihre sichtliche Enttäuschung spiegelte wider, was ich innerlich fühlte. "Wie romantisch."

"Ja, und nur eine Minute zuvor hatte er mir gesagt, dass er nur eine Nacht mit mir verbringen konnte, weil er am nächsten Morgen wieder wegmusste. Dieses Mal sogar noch länger."

"Eigentlich dürfte ich nichts sagen, aber Roark hat an der Südküste ein Problem mit einer Bande Piraten. Ein mächtiges Problem. Frauen und Kinder sterben dort." Das hätte Brax mir erklären sollen, nicht Natalie. Auf der Erde hatte ich Angehörige von Militärs bewundert, die die Rückkehr ihrer Liebsten erwarteten. Ich hätte auch auf Brax gewartet. Ich hätte ihn verstanden und seinen Beschluss, sein Volk zu schützen und ihm zu dienen, unterstützt. Aber diese Wahl hatte er mir nicht gegeben. Die einzige Wahl, die er mir gab, war die Dinge so zu belassen, wie sie waren … oder das Ganze zu beenden.

"Er hätte es mir sagen sollen. Vielleicht bin ich ja verrückt. Ich weiß, dass es sich seltsam anhört, aber ich möchte ein Leben wie in einem achtziger-Jahre-Film. Ich möchte die große Geste. Ich möchte, dass er meinetwegen alles hinschmeißt. Keine Kompromisse. Totale Hingabe. Das habe ich verdient."

"Das hast du. Wir alle."

Ich seufzte und trank mehr vom Wein; eine Flasche würde definitiv nicht ausreichen. "Ich glaube, ich brauche komische Musik oder so. Ich möchte, dass er für mich den Ghettoblaster aufdreht."

Natalie trank ein *Schlückchen* Wein. Scheinbar hatte mein Geläster über Brax sie zum Entschluss gebracht ihn zu verteidigen. "Sie haben hier keine Ghettoblaster."

"Das war nicht wörtlich gemeint." Ich spülte mehr Wein runter und nickte. "Aber nur Sex allein reicht nicht. Ich verdiene mehr und ich werde es auch bekommen.

Nur des Spaßes halber mit Brax weiterzumachen, wird mich bloß von *ihm* fernhalten."

Sie lehnte sich vor und machte große Augen. "Ihm? Wen meinst du damit? Hast du jemanden kennengelernt?"

Ich seufzte und starrte auf mein leeres Glas. Schon wieder. Ich nahm die Flasche und schenkte mir mehr ein. Bis die Flasche *leer* war. "Damit meine ich niemand bestimmtes," stellte ich klar. "Einen Partner. Eine echte Zukunft. Eine eigene Familie. Es wird Zeit, dass ich mich als Braut testen lasse."

Bei meinen Worten sprang sie fast von der Couch. "Testen lassen? Gott, wie heiß. Wen glaubst du, wirst du bekommen? Einen Everianer? Die sollen verdammt schnell sein."

"Sind die nicht irgendwie markiert oder so?" Ich blickte auf meine Handfläche. Kein komisches Geburtsmal zu sehen.

"Ich weiß!" brüllte sie, sodass ich aufschreckte. "Viken. *Drei* heiße Schmackos."

"Drei? Ähm, ich glaube nicht, dass ich damit zurechtkommen würde." Ich dachte an den Sex mit Brax und der war schon ziemlich heftig. Mit zweien erst … boah. Mein Verstand setzte aus. Einer würde von vorne meine Pussy nehmen. Ein anderer würde mich von hinten festhalten und meinen Arsch ausfüllen. Mein Körper sprang sofort auf die Vorstellung an. Zwei Männer könnten echt heiß sein. Aber drei? Nee. Da war ich mir nicht so sicher.

"Na schön, du könntest auch eine Bestie bekommen. Ich wette, dass die riesengroße Schwänze haben."

Darauf musste ich lachen und der Wein spritzte mir fast zur Nase raus. "Du bist mit einem riesigen Trionen verpartnert. Seiner Größe nach zu urteilen kann ich nur annehmen, dass sein Schwanz mehr als genug für dich ist."

Sie geriet ins Schwärmen. “Oh, ja.”

“Hör auf damit,” schimpfte ich, denn allein beim Gedanken an Roarks Schwanz wurde sie ganz hibbelig. Er war wie ein Bruder für mich … pfui.

Natalies zufriedenes Lächeln bewirkte allerdings, dass ich umso mehr einen eigenen Partner wollte. Braxs Schwanz hatte es zwar in sich, aber er gehörte mir nicht. Das hatte er mir unmissverständlich deutlich gemacht. Wenn ich das lange, dicke Stück Alien-Kolben also nicht für immer behalten konnte, dann würde ich mir eben einen suchen, den ich *wirklich* haben konnte.

“Lass uns gehen. Ich will mein eigenes Match.” Ich stand auf und lief zur Tür. “Ich will meinen eigenen Schwanz haben, einen, den ich behalten kann.”

“Jetzt?” sprach sie. Als sie bemerkte, wie ernst ich es damit meinte, stand sie ebenfalls auf. “Du bist durchgedreht, ist dir das klar? Es geht nicht nur um einen Schwanz, sondern um einen Alien. Einen Partner, der ziemlich eifersüchtig sein wird.”

“Du machst dich über mich lustig.” *Eifersüchtig*. Genau das wollte ich. Ich war es leid, eine Gelegenheitsnummer zu sein. Eine unerwünschte Frau. Ein Plan B. Eine Affäre. Ich wollte einen Mann, der mit mir zusammen sein *wollte*. Der es mehr wollte als die Luft zum Atmen. Ich wollte einen Mann, der mich so liebte, wie Roark Natalie liebte. Mit totaler Hingabe. Anbetung. Eifersüchtig hörte sich verdammt gut an.

“Du wirst mich verlassen müssen, ist dir das klar? Was ist, wenn sie dich nach Prillon Prime schicken? Oder in die Kolonie? Irgendwo sehr weit weg.” Natalie kam auf mich zu und verpasste mir eine bärige Umarmung, sie drückte die letzten zwei Jahre der Liebe und Freundschaft in mich herein, sodass ich kaum Luft bekam. “Sei mir nicht böse. Das ist total egoistisch von mir. Ich möchte, dass du glücklich wirst, aber ich werde dich vermissen.”

“Ich dich auch.” Ich zuckte die Achseln. “Vielleicht werde ich ja Trion zugeteilt.” Ich wackelte mit den Augenbrauen und blickte Natalie fest in die Augen, bis sie laut auflachte. Ich hätte nichts dagegen. Ich liebte diesen Ort. Die dominanten Männer. Den Schmuck. Die verführerische Aufmachung der Sexgöttinen hier. In Wahrheit aber liebte ich die Erde genauso. Es ging mir nicht um den Ort, sondern um die Leute. Ich hätte auch auf dem Mond glücklich werden können, solange ich einen treuen Partner an meiner Seite hatte.

“Na schön. Bist du dir sicher? Sobald du einmal eingewilligt hast, kannst du keinen Rückzieher mehr machen. Es ist ein verbindlicher Vertrag. Sobald du den Test absolvierst, wirst du verheiratet oder verpartnert oder was auch immer.”

Ich drückte sie noch einmal und trat zurück. “Ich weiß, aber es ist über einen Monat her und du hast gesagt, dass Brax in der Stadt war. Er hat sich nicht einmal die Mühe gemacht mich anzurufen. Es wird Zeit, darüber hinwegzukommen. Ich möchte einen echten Partner. Ich bin bereit für eine echte, reife Beziehung. Den gelegentlichen Sex habe ich so satt. Und ich habe es satt am Telefon zu sitzen und auf einen Anruf zu warten, der sowieso nie kommen wird.”

“Es gibt hier aber kein Telefon.”

“Egal. Du weißt, was ich meine. Ich bin’s leid dieses *eine* Mädel zu sein.”

“Aber du bist betrunken.”

“Dazu sind schon mehr als zwei Gläser Wein nötig. Vergiss nicht, ich kann dich locker unter den Tisch saufen.” Jetzt musste ich lachen.

“Stimmt. Das hatte ich ganz vergessen.” Natalie lächelte ebenfalls.

“Außerdem werde ich nicht autofahren, sondern mich als Braut testen lassen. Und jetzt gerade ist genau der richtige Zeitpunkt, um etwas total Durchgeknalltes zu machen."

Natalie nahm mein Weinglas und stellte es auf dem Tresen ab. "Na schön. Zuerst machen wir dir aber einen Kaffee."

Wir betätigten die S-Gen-Anlage und warteten auf den Kick vom Koffein. Als ich zu hundertzehn Prozent sicher war, dass ich wieder nüchtern war, blickte ich ihr in die Augen und nickte. Ich hatte das Warten, das Zweifeln und Hoffen ein für allemal satt. Es wurde Zeit, dass ich mit meinem perfekten Match zusammengebracht wurde. Wenn er sich auf Trion befände, dann wäre das toll. Wenn nicht? Dann bitteschön. Natalie und die Kinder würden mir zwar fehlen, aber dafür gab es ja Videoübertragungen und so. "Ich bin soweit."

"Okay. Dann lass uns gehen." Sie legte mir ihren Arm um die Schulter und führte mich zum Abfertigungszentrum, wo sie mir den perfekten Partner aussuchen würden. Als wir uns der Tür zur Krankenstation näherten, flüsterte sie mir noch ins Ohr: "Und ich werde kein Wort über den Wein verlieren."

KAPITEL 4

Captain Trist Treval, Sektor 17, Schlachtschiff Zakar

Ich lehnte über der Schlachtfeldkarte,die allgegenwärtige Anspannung in meinen Schultern und meinem Nacken waren eine konstante Erinnerung daran, dass der Krieg gegen die Hive noch nicht gewonnen war, dass meine Krieger da draußen waren und starben. Immer noch. Wie jeher.

"Captain, wir haben ihre Aufklärungsschiffe zerstört, aber die größeren Gefechtsschiffe sind einfach verschwunden." Captain Wyle stand zu meiner Rechten. Er war ein erfahrener Krieger, der Prillon Prime wahre Ehre machte. Wenn er behauptete, dass das Hive-Schiff vor seinen Augen verschwunden war, dann glaubte ich ihm das auch.

"Hast du einen ihrer neuen Zerstörer gesichtet?" wollte ich wissen.

Die neu entwickelten Schiffe der Hive waren kürzlich

in anderen Sektoren aufgetaucht. Sie wurden nicht von unseren Sensoren erfasst und konnten nicht verfolgt werden. Ich hatte noch nie eines gesehen, er allerdings schon. Er wusste, wonach wir Ausschau halten mussten um herauszufinden, ob diese neue Bedrohung jetzt auch in dieser Kampfgruppe präsent war. Die Koalitionsflotte hatte die Kampfgruppe Varsten im Sektor 438 verloren, ehe die Kampfgruppe Karter und ein Geheimdienstkommando es geschafft hatten die Gefahr im Sektor 437 unter Kommandant Karters Führung zu eliminieren. Unser Sektor lag weit davon entfernt, aber mit den Hive konnte man sich nie sicher sein. Und ihre neue Technologie wurde jetzt viel schneller als erwartet in der gesamten Galaxie eingesetzt.

Ich hasste die verdammten Hive.

“Nein,” entgegnete er. “Sie waren zu klein, aber es waren mindestens drei. Genug, um ein ernstes Problem zu verursachen.” Captain Wyle deutete auf einen Planeten auf der Karte. Er war mit den Kriegern da draußen gewesen, als der Zwischenfall sich ereignet hatte. Er war unser bester Pilot und der Anführer unserer Bordkämpfer. “Wir hatten sie in Sichtweite, aber sie sind hinter den vierten Planeten geflüchtet und wir haben sie verloren.”

Kommandant Grigg Zakar schlug mit der Faust gegen den Flachbildschirm vor uns und fluchte. “Bei den Göttern. Prime Nial hat uns vor ihrer neuen Tarn-Technik gewarnt. Allerdings hatte ich gehofft, dass wir uns nach der Zerstörung des Hive-Schiffs im Sektor 437 noch nicht damit befassen müssen.”

“Die Hive haben ein Kollektivbewusstsein, Kommandant.” Die Erinnerung daran war zwar überflüssig, aber ich hatte nicht dieselben Hoffnungen gehegt. Ich war realistisch. Kommandant Zakar war seit über zwanzig Jahren für diese Kampfgruppe verantwortlich. Ich war lange genug sein stellvertretender Befehlshaber gewesen und wusste, dass er die Hoffnung noch nicht aufgegeben hatte, trotz aller Widrigkeiten. Wir alle hatten Hoffnung. Er kämpfte wie ein Krieger, der an den Sieg glaubte. Andererseits hatte er auch eine Partnerin. Er brauchte die Hoffnung, weil er an eine Zukunft für sie und ihre Kinder glauben musste.

Der Krieg war mein gesamtes Leben. Töten. Ich hatte zugesehen, wie tausende neuer Rekruten aus der Koalitionsakademie und aus den Rekrutierungszentren anderer Planeten in den Kampf gezogen und gestorben waren. Oder schlimmer noch, wie sie lebend von den Hive geschnappt und ebenfalls zum Feind umfunktioniert worden waren. *Kontaminiert.*

“Holt den Geheimdienst auf den Bildschirm. Ich will genau wissen, wie wir dieses Ding besiegen können.” Grigg war selbst für einen Prillonen ziemlich dunkelhäutig. Er stammte aus einer altertümlichen Familie, die diesen Weltraumsektor seit hunderten Jahren verteidigt hatte. Seine Haut und seine Haare waren braun, seine Augen eine Mischung aus Rot und Orange, die seine Erdenfrau als “Rost” bezeichnete.

Obwohl wir beide Prillonen waren, ähnelten wir uns nicht im Geringsten, weder vom Temperament noch vom Äußeren her. Meine Familie war hellhäutig. Von Kopf bis Fuß golden. Er wurde auf unserer Heimatwelt wie eine Art König verehrt, ich dagegen war ein Niemand, der dritte Sohn, dessen zwei Väter beide in diesem Krieg den höchsten Preis gezahlt hatten. Sie waren umgekommen, als ich noch die Akademie besucht hatte und ich hatte mir damals geschworen, dass ich so viele Hive-Soldaten wie möglich ausschalten würde. Ich hatte geschworen zu kämpfen, genau wie meine beiden älteren Brüder. Wir hatten Seite an Seite in unserem Familienwohnsitz gestanden und geschworen, dass wir unsere beiden jüngeren Schwestern und unsere Mutter beschützen würden, die jetzt sicher auf unserer Heimatwelt lebten. Prillon Prime war unseretwegen sicher. Dank all denen, die sich dem Kampf verschrieben hatten.

Nur Tage später hatten meine Brüder und ich uns verabschiedet und waren in verschiedene Weltraumsektoren aufgebrochen, um zu dienen. Sie kämpften weiterhin, genau wie ich. Noch. Aber an jenem Tag hatte ich meinen eigenen Eid geschworen, meinen toten Vätern gegenüber, den Göttern gegenüber, mir gegenüber. Ich hatte gelobt, dass ich den Rest meines Lebens lang die Hive bekämpfen würde. Bis zu meinem letzten Atemzug. Und ich hatte nicht die Absicht, diesen Eid zu brechen.

Der Kommunikationsoffizier hinter mir antwortete: “Ich benachrichtige den Geheimdienst, aber das wird eine Weile dauern, Kommandant.”

“Scheiß drauf. Hol mir stattdessen Kommandant Karter auf den Schirm. Sektor 437.” Grigg marschierte jetzt auf und ab, er hatte die Arme verschränkt und starrte auf das Raster der Sternenkarte. Das hier war unser Zuhause. Das Gebiet, das wir zu verteidigen hatten. Und die Familie Zakar hatte in Jahrhunderten nicht einmal an Boden verloren. Wir hatten nicht die Absicht, jetzt damit anzufangen. “Der gottverdammte Geheimdienst wird mir sowieso nicht sagen, was ich wissen will.”

Ich musste grinsen. Grigg hatte nicht ganz Unrecht. Die Spione hatten ihre Geheimnisse. Ihre Spielchen gefielen mir nicht. Ich zog es vor, ein Ziel festzulegen und es aus dem Verkehr zu ziehen. In dieser Hinsicht waren Grigg und ich uns ziemlich ähnlich.

Wir warteten kurz, aber der Offizier gab nur ein verblüfftes Raunen von sich. “Verzeihung. Captain Trist, es gibt eine Nachricht für Sie.”

Ich drehte mich um, ging zur Steuerkonsole rüber und schaute dem Offizier über die Schulter. “Von wem?”

Er wirkte etwas verlegen. Unbehaglich. “Ähm, von Trion, Sir.”

Was? Ich kannte niemanden auf Trion. Es war ein eigenartiger Planet mit eigenartigen Leuten. Wenn ich richtig gehört hatte, lebten sie dort in Zelten. Barbaren, die ihre Frauen mit Metallpiercings versahen und sie eher wie Haustiere als ebenbürtige Partnerinnen behandelten. Ihre Ansichten konnte ich zwar nicht nachvollziehen, aber ich musste eingestehen, dass sie ihre Frauen wohl vorbildlich beschützten und versorgten. Und die Trionischen Männer waren tapfere Krieger. Trotzdem, mir war niemand auf dieser Welt bekannt. “Und?”

Der Kommunikationsoffizier verkrampfte sich, als Captain Wyle und Kommandant Zakar an mich herantraten. “Captain Trist Treval von Prillon Prime, hier spricht das Abfertigungszentrum für interstellare Bräute in Xalia City, auf dem Planeten Trion. Ihre ausgewählte Partnerin ist für den Transport bereit. Diese Mitteilung soll Ihre Koordinaten bestätigen, wie es das Protokoll des Bräuteprogramms vorsieht.”

“Was?”

“Spreche ich mit Captain Trist oder seinem befehlshabenden Offizier?” Die nüchterne Stimme klang gelangweilt, als ob das jeden Tag ein Dutzend Mal vorkam. Aber nicht für mich. Das war mir noch nie passiert.

Grigg musste grinsen. “Hier spricht Kommandant Zakar. Ich bestätige den Aufenthaltsort von Captain Trist. Sie können den Transport initiieren.”

“Danke sehr, Kommandant. Der Transport wird sofort eingeleitet. Trion Ende.”

Die Leitung verstummte und ich stand wie angewurzelt da. Sekunden verstrichen, dann klopfte mir der Kommandant auf den Rücken. Feste. “Herzlichen Glückwunsch, Trist.”

Partnerin? Ich hatte eine Partnerin? Ein Match? Mit einer Trionischen Frau?

Captain Wyle lächelte, als hätte er eben Beute gemacht. “Leck mich, Alter. Eine interstellare Braut.” Er schlug mir ebenfalls auf den Rücken. Noch fester. “Glücklicher Teufel.”

* * *

Trist, Transportraum 3, Schlachtschiff Zakar

Ich stand alleine vor der Transportfläche, der Techniker war die einzige andere Person im Raum. Der Kommandant hatte mich mehr als glücklich entlassen, um meine Partnerin in Empfang zu nehmen. Captain Wyle war fast schon … eifersüchtig auf mich, als ich weggetreten war. Ich war vollkommen durcheinander. Warum ich? Warum jetzt? Fünf Jahre waren seit meinem Test vergangen. Fünf Jahre des Wartens und ich hatte die Hoffnung längst aufgegeben. Schon vor langer Zeit hatte ich aufgehört mich zu fragen, ob ich je eine Braut bekommen würde. Ich hatte einfach angenommen, dass ich zu unmöglich war und man nie ein passendes Match für mich finden würde.

Und jetzt? Scheiße. Irgendwie hatte ich noch daran gedacht in mein Quartier zu gehen und zwei Halsbänder aus der Schublade zu holen, jenem Ort, an dem ich sie verstaut hatte, nachdem Nevo gebeten hatte von unserer Abmachung entbunden zu werden. Als Myntars Zweiter dem Hive zum Opfer gefallen war, war der Captain allein mit seiner Partnerin und seinem Sohn zurückgeblieben. Der mögliche Tod eines Kriegers war der Grund, warum jeder Prillone einen zweiten Mann wählte. Keine Frau oder Kinder sollten je allein und ungeschützt zurückbleiben.

Die Tragödie hatte zur Folge, dass Captain Drake Myntars Familie einen zweiten Beschützer gesucht hatte. Drake war dritter Befehlshaber der Kampfgruppe und ein guter Freund von mir und ich konnte weder einer Frau und Kind den Schutz verweigern, noch konnte ich meinem Kumpel eine Chance aufs Glück verwehren. Lady Mara Myntar war eine attraktive Prillonische Frau und sie hatte Nevo mit offenen Armen willkommen geheißen. Die neue Familie war jetzt mehr als zwei Jahre zusammen gewesen und eng miteinander verbunden.

Ich freute mich für Nevo, hatte mich aber nicht um einen anderen Prillonischen Sekundanten bemüht. Da ich nie gedacht hatte, dass ich überhaupt einmal verpartnert werden würde, hatte ich niemanden für die Rolle in Betracht gezogen.

Jetzt blieb mir dafür keine Zeit mehr. Das Wummern des eintreffenden Transports ließ meinen Körper vibrieren und meine Partnerin würde materialisiert werden. Jetzt gleich.

Im nächsten Augenblick war sie da. Auf dem erhöhten Metallboden lag eine nackte Frau. Ihr Gesicht war filigran und schön. Außerordentlich feminin im Vergleich zu meinen markanten Zügen. Ihr Haar war lang und dunkler als meines, ein dunkles Braun, das mich einfach nur faszinierte. Ich konnte es kaum erwarten, diese dunkle Seide auf meiner goldenen Brust ausgebreitet zu sehen. Ich wollte ihre verführerischen Kurven berühren und über ihre Haut streichen. Jetzt gleich. Ihre Brüste waren voll, ihre Brustwarzen hatten eine satte rosa Farbe, die zu ihren Lippen passte.

Ich wollte ihre Schenkel weit auseinanderspreizen und herausfinden, ob ihre Pussy auch rosa war. Oder braun. Oder golden.

Etwas Ursprüngliches erwachte in meinem Inneren, ein Gefühl, das ich nie zuvor verspürt hatte. Ich wollte sie *besitzen.* Mein Schwanz wurde umgehend steif und mein gesamter Körper verkrampfte sich mit dem Bedürfnis sie zu beschützen. Mich mit ihr zu paaren. Sie zu erobern.

Mir.

“Dreh dich um!” Ich knurrte und sprang auf die Plattform, um sie vor den Blicken des Transporttechnikers abzuschirmen. Aus dem Augenwinkel konnte ich sehen, wie er sich umdrehte und an die Wand starrte.

Von anderen Männern wusste ich, dass die Frauen vom Bräuteprogramm ohne Kleider geschickt wurden, damit sie alle Überbleibsel ihres vorherigen Planeten hinter sich ließen. Es war eine Prillonische Tradition und sollte sicherstellen, dass die Frau auch bereit war, ins Leben der Prillonen einzutauchen.

Jetzt aber, als meine Partnerin bewusstlos und ausgeliefert vor mir lag und jeder Zentimeter ihrer zarten Vollkommenheit zur Schau gestellt war, gefiel mir der Brauch nicht.

“Hol mir eine Decke aus dem Notfallpaket.”

Ich hörte, wie der Techniker sich zu schaffen machte, wandte aber nicht den Blick von ihr ab. Ich kannte nicht einmal ihren Namen. Ich wollte den Techniker fragen, was in der Akte vom Bräutezentrum auf Trion stand, hatte mich aber entschlossen zu warten. Ich wollte ihn von ihr selber hören. Ich wollte wissen, welche Farbe ihre Augen hatten und wie ihre Stimme sich anhörte, wenn sie meinen Namen brüllte.

Mein Schwanz wurde vor Verlangen immer dicker und länger. Sie trug nicht den üblichen Trionischen Körperschmuck, aber vielleicht hatten sie das weggelassen, weil sie mit mir verpartnert worden war. Ich brauchte keine Piercings oder Ketten, Juwelen oder anderen abstrusen Fummel an meiner Partnerin. Ihr üppiger

Körper allein erregte mich schon mehr als genug. Ihr Anblick machte mich extrem eifersüchtig.

“Captain?”

“Was?” fauchte ich und bedeckte ihren Körper mit meinem, damit er nichts von ihrer Kostbarkeit zu sehen bekam.

“Ihre Decke, Sir, aber ich kann nicht ohne hinzusehen die Treppe raufsteigen.” Er war selber Prillone und wusste, was in mir vorging. Ich erinnerte mich nicht, ob er selber ein Halsband trug oder nicht; ob er verpartnert war. Eigentlich hätte ich diesen Moment mit ihrem Zweitpartner teilen sollen, aber da ich allein war, war ich dankbar für sein Verständnis. Noch jedenfalls. Dieser wunderschönen Frau einen gebührenden zweiten Beschützer zu finden würde meine oberste Priorität werden—nachdem ich sie erobert hatte. Bei ihrem Anblick wurde mir nämlich klar, dass ich nicht warten konnte bis ich einen zweiten Partner für sie gefunden hatte.

Der Techniker war ehrlich darum bemüht meine Partnerin zu bedecken—und seinen Kopf auf den Schultern zu behalten—aber ich konnte nicht den Blick von ihr wenden, nicht einen Moment lang. Entgegen jeder Vernunft fürchtete ich, dass sie wieder wegtransportiert werden könnte. Sie war immer noch ein Traum, eine Frucht meiner Vorstellungskraft und ich würde sie tunlichst hüten.

Diese Welle der Eifersucht, diese Verlustangst war es, was mir die Halsbänder in Erinnerung rief. Ich öffnete das grüne Band meiner Familie und legte es mir um den Hals. Ich spürte das Gewicht des Bandes, mehr nicht.

Laut Protokoll musste sie damit einverstanden sein mein Halsband zu tragen. Sobald sie eingewilligt hatte würde ich dreißig Tage Zeit haben, um sie zu verführen.

Sie zu lieben. Ihr jeden erdenklichen Grund im Universum zu geben, um sich für mich zu entscheiden.

Blind langte ich hinter mich und war froh, als ich den sanften Druck der Decke in meiner Handfläche spürte. "Danke."

"Gern geschehen, Captain." Ich hörte wie der Prillone sich mit schweren Schritten wieder zu seiner Arbeitsstation entfernte und vertraute darauf, dass er weiterhin diskret bleiben würde. Sanft wickelte ich sie in die wärmende Decke und hob sie in meine Arme; ich war wie verzaubert, als ich die üppige Weichheit ihrer Kurven unter dem Stoff zu spüren bekam. So weich. Bei den Göttern, mein Schwanz pochte und wollte sie sehnsüchtigst ausfüllen.

Zuerst aber musste sie mein Halsband akzeptieren. Mir das Recht geben, sie zu umwerben. Zu beschützen. Ohne das Symbol meines Schutzes um ihren Hals konnte ich diesen Raum nicht verlassen. Ich wollte mich nicht mit anderen Bewerbern herumschlagen. Meine primitivsten Instinkte waren erwacht und es war denkbar, dass ich jeden Konkurrenten umbringen würde.

Ich war ein rationaler Typ. Kampfgestählt. Kühl. Ich wurde oft als abgebrüht bezeichnet. Berechnend. Mehr Maschine als Mann. Und doch, sobald ich sie anblickte, schmolz diese Ruhe nicht nur einfach so dahin. Sie löste sich in Luft auf, als ob man eine Laserkanone auf mein Inneres gerichtet und mich in Flammen gesetzt hatte.

"Wann wacht sie wieder auf?" wollte ich wissen. Der Transporttechniker musste andere Bräute gesehen haben und wissen, wie lange ich mich gedulden musste. Dennoch, meine sonst so unerschöpfliche Geduld war wie weggeblasen, zusammen mit meiner Vernunft, Ruhe, Klarheit …

Ich betrachtete sie und nahm jede Einzelheit in mich auf. Ich brannte sie mir regelrecht ins Gedächtnis—

während mir gleichzeitig die absurdesten Gedanken durch den Kopf schwirrten. Was, wenn ich ihr nicht gefiel? Was, wenn sie Angst vor mir bekam? Was …

“Normalerweise dauert es ein paar Minuten, Captain.”

Den Göttern sei Dank. Ich war nicht sicher, ob ich mich noch lange zusammenreißen konnte. Ihre Atmung war friedlich, aber sie rührte sich nicht. Was, wenn sie verletzt war? Krank?

“Captain, entschuldigen sie die Störung, aber ich muss die Transportfläche räumen. Wie bekommen gleich eine Lieferung aus Prillon Prime.”

“Natürlich.” Ich stand mitten auf der Plattform und starrte auf die kleine, fragile Frau. Ich war tatsächlich wie von Sinnen.

Der Techniker grinste, als ich heruntertrat und auf den Ausgang zusteuerte. “Ich gratuliere, Captain.”

“Danke für die Hilfe,” entgegnete ich dem Techniker, als ich zur Tür lief. Ich nickte ihm zu und lief weiter. Mit einer Hand zog ich ihr die Decke über den Hals. Sollte irgendjemand dumm genug sein und mich auf dem Weg zu meinem Quartier herausfordern wollen, dann sei es so.

KAPITEL 5

Trist

Bevor ich den Raum verließ, verneigte er sich noch leicht, dann bewegte ich mich zügig durch die Korridore. Wenn irgendjemand dachte, es wäre seltsam, dass ich eine bewusstlose Frau in einer Decke durchs Schlachtschiff trug, dann sagte jedenfalls niemand etwas dazu. Klugerweise warf uns niemand im Vorbeigehen einen neugierigen Blick zu.

Sie spielten keine Rolle. Allein meine Partnerin zählte. Wie konnte es sein, dass ich noch vor kurzem verärgert gewesen war, als ich die Nachricht über das Match erhalten hatte? Warum hatte ich mich dagegen gesträubt? Wie konnte ich nur so dumm sein? Aber ich hatte keinen zweiten Partner für sie. Niemanden, der sie beschützen würde, sollte mir etwas zustoßen.

Ich knurrte, schlug meine Hand auf den Sensor

neben der Tür zu meinem Quartier und sie öffnete. Ich würde umgehend einen zweiten Partner für sie auftreiben.

“Oh,” sprach sie. Ihre Stimme klang leise, lieblich.

“Hallo, Liebling.” Ich war überglücklich und voller Eifer. Meine Partnerin.

Sie regte sich, wollte sich aus meinem Griff befreien.

“Immer mit der Ruhe. Du hast einen weiten Weg hinter dir.”

“Ich bin zu schwer.”

Darauf musste ich lachen, trat aber in mein Quartier und setzte mich auf den großen Sessel, den ich abends oft zum Lesen nutzte. Ich ließ mir Zeit und setzte mich vorsichtig hin, damit sie sich nicht überrumpelt vorkam. Das hier war völlig neu für mich; etwas so Kostbares auf dem Schoß zu halten. Mit ihr in meinen Armen war ich zufrieden.

Als wir uns niedergelassen hatten, betrachtete ich sie. Sie musterte mich. Ich sah keine Furcht in ihren Augen, nur Neugierde. Zustimmung.

“Ich bin Trist. Dein Partner.”

“Ich bin Miranda.” Im Stillen rollte ich ihren Namen über meine Zunge und ihr Blick fiel auf das grüne Band um meinen Hals.

Miranda.

“Ein hübscher Name, Miranda. Genauso hübsch wie du.”

Sie lächelte etwas verlegen und ihre Wangen nahmen eine faszinierende rosa Färbung an. Dann blickte sie sich um. Mein Zimmer war aufgeräumt. Alles war sauber, ordentlich, angemessen verstaut und einsatzbereit. “Man hat mir gesagt, dass ich auf ein Schlachtschiff transportiert werde.”

Ich nickte und betrachtete die kesse Neigung ihrer Nase, ihre dunklen Augenbrauen. “Ja, du bist auf dem Schlachtschiff Zakar. Ich bin Captain Trist, zweiter

Befehlshaber. Das hier ist mein—unser—Quartier. Sobald ich einen zweiten Partner für dich ausgewählt habe, werde ich ein größeres Quartier beantragen."

Sie reagierte nicht auf meine Bemerkung zu einem zweiten Partner und ich entspannte mich. Ich genoss einfach den Augenblick. Hielt sie fest. Spürte sie in meinen Armen.

"Wo sind wir? Ich bin noch nie im Weltraum gewesen."

"Sektor 17. Das ist ziemlich weit weg von deinem Heimatplaneten Trion."

"Oh, ähm, ja. Ich wurde von Trion transportiert, aber ich komme eigentlich von der Erde. Also ursprünglich. Die letzten zwei Jahre habe ich auf Trion gelebt."

"Du bist ein Mensch?" fragte ich völlig erstaunt. Das erklärte ihre eigenartige Augenfarbe, ihre geringe Größe. Sie kam von der Erde, genau wie Lady Zakar. Und doch sahen sie völlig verschieden aus.

"Ja."

"Wie kommt es, dass du auf Trion warst?"

Sie rührte sich wieder und ich erlaubte ihr sich aufzusetzen, hielt aber weiter meine Arme um sie geschlungen. Ich war wie beflügelt, weil sie auf meinem Schoß saß und ich sie spüren konnte, ihren Duft einatmen konnte. Mein Schwanz presste gegen ihre Hüfte und war ebenfalls ziemlich beflügelt, als sie mir von ihrer Freundin Natalie erzählte, die mit einem Trionischen Senator verpartnert war. Sie erklärte mir, dass sie Natalie und deren Sohn mit nach Trion begleitet hatte und dass sie die letzten beiden Jahre dort verbracht hatte.

"Also warst du wegen einer Freundin auf Trion, nicht weil du mit einem Krieger von diesem Planeten verpartnert worden bist?"

Sie schüttelte den Kopf und blickte mich an. "Nein. Ich wurde nicht Trion zugeteilt. Ich wurde dir zugeteilt."

Diese Worte von ihren Lippen … Götter, ich wollte sie umso mehr für mich erobern. Ich musste ihr mein Halsband umlegen. Sofort. Ich wollte genau wissen, was in ihr vorging, wenn sie mich so anblickte.

“Unter Prillonen ist es üblich, dass ihre Partnerin ein Paarungshalsband trägt.”

Ihr Blick fiel wieder auf meinen Nacken und ihre zierlichen Finger strichen über das Material um meinen Hals. “Ich weiß. Ich habe davon gelesen.”

“Sobald ich dir mein Halsband umlege, beginnt unsere offizielle Paarungsphase. Du wirst dreißig Tage lang Zeit haben, um meinen Anspruch auf dich zu akzeptieren oder einen anderen zu wählen.”

“Ich weiß.”

“Bis du offiziell beansprucht wurdest, wird dein Halsband schwarz und neutral bleiben. Wenn du mich und meinen Zweiten akzeptierst, wird es zu Grün wechseln, genau wie meines und du wirst für immer zu mir gehören.”

Sie biss ihre Lippe und ihr warmer Finger fuhr kaum merklich über den Rand meines Halsbandes. Meine Halsmuskeln verkrampften sich als Reaktion auf die zaghafte Geste. Wo immer sie mich berührte, ging ich in Flammen auf. “Okay.”

“Ja? Akzeptierst du meinen Anspruch dich dreißig Tage lang zu umwerben?”

“Ja, Trist. Ich möchte das Halsband. Ich möchte mit dir zusammen sein. Wir sind verpartnert worden. Ich vertraue dem Match. Ich bin soweit.”

Ihre einfachen Worte brachten mich zum Zittern und ich hob das zweite Halsband hoch und legte ihr das dünne schwarze Band um den Nacken. Als es einrastete, spürte ich in sie hinein.

Meine Brust schwoll regelrecht an. Meine Uniform war auf einmal zu eng. Ich bekam keine Luft mehr. Und doch ließ ich zu, dass der chaotische Sturm ihrer Gefühle jeden leeren Raum in mir ausfüllte. Sie war wunderschön. Mutig. Leidenschaftlich. Lust loderte in ihr auf und ich wusste, dass die Verbindung zu mir ihr eigenes Verlangen anstacheln würde, und zwar bis sie mich genauso sehr wollte, wie ich sie. Die sinnliche Note ihrer Emotionen durchdrang meinen Geist. Sie war so weich, feminin und liebevoll, selbst in ihren Gedanken. Sanft. Verletzlich. Unsicher.

Das letzte Gefühl gefiel mir nicht. Denn nicht nur die Männer in dieser Kampfgruppe mussten wissen, dass sie vergeben war, nein, auch *sie* musste das verstehen. Sie gehörte mir. Mein Match. Meine Partnerin. Niemand anderes konnte sie haben. Das Halsband bezeugte meinen Anspruch auf sie, auch wenn die Farben noch nicht miteinander übereinstimmten. Das würden sie noch. Ich würde alles tun, was nötig war, um sie zu hüten und sie zu beschützen.

Das schwarze Band um ihren Hals zu sehen brachte mir große Befriedigung, es grenzte fast schon an körperliches Vergnügen. Ich seufzte und entspannte mich. Sie gehörte jetzt zu mir und kein anderer würde sie je in die Finger bekommen.

Sie keuchte und riss die Augen auf. “Du … freust dich, weil ich hier bin.”

Ich lächelte. “Ja, Liebling. Sehr sogar.”

“Woher weiß ich das?”

“Die Halsbänder. Sie verbinden uns miteinander.”

Sie hob ihre Hand an ihren Hals und ihre zarten Finger glitten über das glatte Material. “Die Aufseherin auf Trion hat mir von den Halsbändern berichtet, vom Leben der Prillonen. Sie sagte, dass Prillonen zu zweit eine Frau nehmen. Dass ich zwei Partner haben würde.”

“Ich bin dein erster Partner, jetzt und für immer.” Ich hielt inne. “Aber die Aufseherin auf Trion hat recht. Du sollst zwei Partner haben, die dich verehren und beschützen werden."

Verlangen drang durch mein Halsband und fast musste ich stöhnen. Götter, ja, sie wollte es genauso sehr wie ich. Mit fragender Miene blickte sie sich um. "Wo ist mein anderer Partner?"

"Deine Ankunft war völlig unerwartet und im Moment habe ich noch keinen zweiten Mann. Ich hatte einen, aber ich habe ihn vorzeitig aus seiner Pflicht entlassen."

Sie senkte den Blick und ich spürte Betroffenheit. Enttäuschung. Schuld? Ihr Verlangen schwand mit einem Male und wurde von einer schmerzhaften Dunkelheit ersetzt, die ich einfach nicht hinnehmen konnte. "Meinetwegen?"

Ich tippte ihr Kinn hoch, damit sie mir in die Augen blickte. "Nein, Liebling. Du bist in jeder Hinsicht perfekt. Sinnlich. Schön. Es ehrt mich, dass ich mich dein nennen darf. Ich habe Nevo vor mehreren Jahren von seinem Schwur entlassen. Ich habe mich vor langer Zeit testen lassen und hatte die Hoffnung auf ein Match bereits aufgegeben. Ein anderer Krieger mit Familie hat ihn gebeten, sein Zweiter zu werden. Sein ursprünglicher Sekundant war von den Hive getötet worden. Er wollte seine Frau nicht schutzlos zurücklassen, sollte ihm etwas zustoßen, also hat er Nevo gefragt, ob er Teil seiner Familie werden wollte. Eine Frau anvertraut zu bekommen ist eine große Ehre. Für Nevo war es die Chance, endlich die Familie zu haben, nach der er sich so lange gesehnt hatte. Also habe ich ihn gehen lassen."

"Und willst du jetzt einen Zweitpartner?"

Ich spürte ihre Enttäuschung und wusste, dass sie sehr wahrscheinlich gut zu Prillon passte, wenn sie wirklich zwei Partner brauchte.

"Keine Sorge, Liebling. Ich kümmere mich um dich

und ich werde dir einen zweiten Partner finden, damit du niemals allein bleiben musst. Ich werde jemanden finden, der dich verdient hat. Der uns verdient hat, als Familie."

Ich spürte wie sie sich sofort wieder beruhigte. Sie war zufrieden. Dass ich in der Lage war sie zu beruhigen, gab mir das Gefühl von Macht und schürte mein Bedürfnis nach Kontrolle. Oh ja, sie brauchte meine Führung. Sie brauchte Sicherheit und ich würde sie ihr geben. "Von jetzt an gehörst du mir, Miranda. Ich werde dich nicht mehr gehenlassen, es sei denn, du verlangst so in den nächsten dreißig Tagen."

"So lange?" sprach sie, dann verlagerte sie die Hüften, sodass sie gegen meinen harten Schwanz pressten.

"So lange können wir uns kennenlernen. Darf ich dich küssen?" Das wollte ich. Verzweifelt sogar.

"Ja."

Ich lehnte mich vor und kostete sie zum ersten Mal. Ihre Lippen waren samtweich. Plüschig. Ein Hauchen entwich ihrer Kehle und das Geräusch machte mich verrückt nach mehr. Also nahm ich es mir. Ich plünderte sie. Verschlang sie regelrecht, während sie weiter auf meinem Schoße saß.

Sie gehörte mir. Noch ehe der Tag um war, würde sie es in jeder Hinsicht verstanden haben.

Oh ja, eine Partnerin zu haben schien besser zu sein als ich je gedacht hatte.

"Ich will dich verzweifelt. Wir müssen ficken."

Anstatt die Decke auf den Boden zu werfen, starrte sie mich an, dann brach sie in Gelächter aus.

Ich zog eine Augenbraue hoch. "Was ist daran so lustig?"

"Ohne Vorspiel? Einfach … so?" Sie blickte auf meine Uniformhose. "Du bist offensichtlich startklar. Willst du aber nicht wissen, ob ich feucht bin? Willig?"

Der Gedanke an ihre vor Verlangen ganz feuchte

Pussy machte mich sogar noch härter. Sie hatte recht. Ich *war* bereit. Der bloße Anblick von ihr, als sie nackt auf der Transportfläche gelegen hatte, hatte bewirkt, dass ich auf die Knie fallen und sie an Ort und Stelle durchficken wollte. Aber der Transporttechniker war nicht mein zweiter Mann und ihr Verlangen, ihre Lustschreie würde ich nur mit meinem Sekundanten teilen und mit denjenigen, die unserer Verpartnerungszeremonie beiwohnen würden.

"Du bist bereit."

Sie biss ihre Lippe, rutschte von meinem Schoß und stellte sich vor mich hin, die Decke hielt sie weiterhin schützend um sich gewickelt. Die Neigung ihrer Lippen verriet mir, dass sie versuchte sich ein Lächeln zu verkneifen. "Bin ich bereit, weil du es mir vorschreibst oder weil du sicher bist, dass ich feucht bin?"

Ich wollte seufzen, dann aber erinnerte ich mich, dass sie von der primitiven Erde kam. "Weil du mir mit fast perfekter Übereinstimmung zugeordnet wurdest. Wenn du es nicht genauso sehr wolltest wie ich, dann wärst du auch nicht meine Partnerin."

Sie blickte mich schief an. "Das macht Sinn." Sie ließ die Decke los, sodass sie auf ihren nackten Füßen landete.

Oh, eine gewagte Frau. Mein Schwanz liebte es.

"Und wie möchtest du mich nehmen?"

"Ich möchte tief in dir stecken, wenn du kommst. Ich möchte dich zum Kreischen bringen."

Sie erschauderte und leckte sich die Lippen; als ob sie noch eine Kostprobe von mir brauchte. Sie sagte aber etwas anderes. Ich verstand kein Wort davon.

Heilige Scheiße. Sie war umwerfend. Hübsch. Unbeschreiblich. Ich brauchte sie nur anzusehen und schon sickerte mir der Vorsaft aus dem Schwanz. Ihre dunkle Mähne fiel über ihre Schultern, ihr Haar war so lang, dass es ihr bis zu den Brustspitzen reichte. Die Nippel dort verhärteten sich vor meinen Augen zu straffen rosa Spitzen. Sie waren dick und geschwollen und bestens geeignet, um saugend und schleckend meine Lust an ihnen zu stillen. Ihre weiche, gebogene Taille verjüngte sich und stellte sich weiter unten zu breiten Hüften aus. Sie war keine zierliche Frau, sondern gut gepolstert, damit Mann beim Ficken zupacken konnte. Nicht irgendein Mann. *Ich.* Und mein Kollege, wer auch immer das sein würde.

"Was?" sprach ich, als unsere Blicke schließlich aufeinandertrafen und mir klar wurde, dass sie eine Antwort erwartete.

"Ich wollte wissen, ob das bei jeder ausgewählten Partnerin so ist?"

Ich zuckte mit den Achseln. "Die anderen interessieren mich nicht. Mir geht's nur um dich. Deine Bedürfnisse sind jetzt auch meine. Du musst berührt werden und es ist meine Aufgabe, mich darum zu kümmern. Du musst kommen und deine Lust gehört mir."

"Was ist mit deiner Lust? Gehört die dann auch mir?"

"Sie gehört dir, Liebling. Ich bin dein." Scheiße, ich hätte schon an Ort und Stelle kommen können. Also ging ich auf sie zu, nahm ihre Hand und führte sie ins Schlafzimmer. Wir konnten genauso gut im Liegen weiterreden. Mit ihr unter mir drunter. Oder mit meinem Kopf zwischen ihren Beinen.

Wenn ich bereits einen Zweitpartner für sie bestimmt hätte, dann würden wir uns gemeinsam um sie kümmern, zwei Münder, um sie zu erregen, vier Hände, um sie zu verführen, zwei Schwänze, um sie zu ficken. Bis dahin hatte ich sie ganz für mich allein. Ich würde sie auf jede erdenkliche Art verwöhnen. Ich hielt inne, *spürte* in sie hinein. "Ja. Kannst du meine Antwort spüren? Das Band um deinen Hals verbindet unsere Gedanken. Ich kann dein Verlangen spüren. Deine Lust. Kannst du meine spüren?"

Ihre Hand wanderte an das schwarze Halsband, ihre kleinen Fingerspitzen fuhren über die markante schwarze Linie auf ihrer Haut. Allein schon das Band an ihrem Hals zu sehen löste eine unvorstellbare Woge der Eifersucht in mir aus. Mir. Diese Frau gehörte mir. Wenn ich sie jetzt schon so sehr wollte, was würde ich dann erst durchmachen und *wie würde ich mit meinen Gefühlen umgehen*, wenn ein zweiter Partner mein Verlangen widerspiegeln würde? Wenn wir beide uns nach ihr verzehren würden. Sie ausfüllen würden. Ficken würden. Sie bedienen würden?

"Das kommt von den Halsbändern? Ich dachte … ich meine … krass. Ich kann dein Verlangen spüren. Gott, wie heftig. Es macht mich … noch heißer."

Ich musste grinsen. "Ja, Liebling. So läuft es. So *wird* es immer sein. Mein Verlangen befeuert deines und deines nährt meines. Ich kann deine Stimmung spüren. Freude. Trauer. Schmerz. Lust. Wir werden alles miteinander teilen."

"Keine Zweifel. Keine Lügen," fügte sie hinzu.

"Nein. Ich werde dir alles geben, Frau. Und von dir verlange ich dasselbe." Ich stand auf. Ihr nackter Körper lag vor mir und ich wollte sie berühren. "Du gehörst mir. Ich werde keine Geheimnisse zwischen uns dulden. Ich spiele keine Spielchen. Ich bin ein ehrenwerter Krieger und du bist meine Partnerin." Die Erklärung beflügelte uns beide und die Halsbänder verwandelten meine einfachen Worte in eine Feedbackschleife von erstaunlicher Intensität. Genau das wollte meine Frau hören, sie musste dringend diese Worte vernehmen.

Wenn sie Sicherheit brauchte, dann würde ich sie ihr mehr als gerne geben. Sie würde niemals an mir oder meinem Verlangen für sie zweifeln müssen.

Ich drehte sie mit dem Rücken zum Bett und drückte sie sanft zwischen ihre Brüste, sodass sie auf das weiche Bettzeug zurückfiel. Ich wiederum fiel auf die Knie und spreizte ihre Beine auseinander. Weiter, dann noch weiter. Ich konnte ihre Pussy sehen, das rosa Fleisch *war* feucht für mich. Ich spürte, wie die etwas grobe Behandlung sie erregte. Es gefiel ihr, dass ich von ihr Besitz ergriff.

Ich packte ihre schlanken Fesseln und hob ihre Füße an, sodass sie weit geöffnet auf der Bettkante ruhten.

Dann beugte ich mich vor und leckte über ihre Spalte. Sie war zu weit weg. Ich knurrte und zerrte ihre Hüfte näher an die Bettkante ran. "Sehr schön. Jetzt kann ich deine Pussy ausessen."

"Trist!" kreischte sie. "Wir … Gott, wir haben uns eben erst kennengelernt."

Ich blickte über ihren nackten Körper in ihr verwundertes Gesicht. Sie hatte den Kopf angehoben, um mich anzublicken. Sie zerrte an meinen Händen herum, aber nicht um zu flüchten. Ich spürte keinerlei Angst oder Panik. Nur Lust. Verwunderung. Sehnsucht.

"Ja, und jetzt gleich werde ich deine Pussy *kennenlernen*. Mit meinem Mund."

Ich kündigte nicht mehr an, sondern ging zwischen ihren Schenkeln in Stellung. Dann leckte ich sie von der runzeligen Rosette bis zum Kitzler. Ihre Hände vergriffen sich an meinen Haaren und zogen. Binnen Sekunden wandelte sich ihr Verlangen von einem Simmern zu einem Inferno. Ihre Hüften zuckten und buckelten gegen meinen Mund. Ich tat eine Hand auf ihren Bauch und hielt sie fest. Mit der anderen Hand führte ich einen Finger in sie ein. Sie war straff. Heiß. Feucht. Perfekt. Ich fing an sie zu bearbeiten und lauschte ihren Geräuschen, um herauszufinden, was ihr gefiel. Ich konnte ihr Beben spüren, sobald ich ihren Kitzler schnippte oder an einer bestimmten Stelle in ihr den Finger krümmte.

"Trist … heilige Scheiße."

Ich grinste gegen ihr geschwollenes Fleisch, atmete ihren herben Geruch ein. Ich konnte sie durch das Halsband spüren, kannte ihren Geruch, wusste, wie sie schmeckte und ich konnte spüren, was sie abgehen ließ. Ich würde alles über sie erfahren, sie spielen wie ein Instrument.

Ich leckte sie zärtlich über die Pussy und machte meinen Hosenstall auf, um meinen Schwanz herauszuziehen. Er war viel zu groß für das enge Gefilde. Der Vorsaft tröpfelte mir auf die Finger und ich wollte sehnlichst in sie hinein rammen, sie erfüllen. Ich würde ihr meinen Samen schenken. Alles von mir, aber erst musste sie kommen.

"Komm, Liebling. Jetzt."

Ich machte mich wieder an ihrem Kitzler zu schaffen, saugte und spielte.

"Du bist verdammt herrisch, schreibst mir vor, wann ich …"

Ich unterbrach sie mit einem sanften Klaps auf den Innenschenkel und vertiefte meine Stimme zu jenem Tonfall, den ich mitten auf dem Schlachtfeld verwendete, einem Tonfall, dem selbst die härtesten Krieger nicht zu widersprechen wagten. Sie würde mir ebenso wenig widersprechen. "Sofort."

Sie stieß einen wilden Schrei aus und ihre Pussy flatterte und quetschte meine Finger zusammen, als sie sich gehenließ. Durch das Halsband teilte ich die intensive Lust ihres Höhepunkts mit ihr. Nie hatte ich etwas Vergleichbares gespürt; eine Verbindung, die nur unter Partnern möglich war. Ich musste ebenfalls kommen und dicker Samen spritzte heraus und landete auf dem Boden zwischen meinen Knien. Egal. Ich war stolz darauf, dass meine Partnerin mich die Kontrolle verlieren ließ. Aber auch nachdem meine Eier sich entleert hatten, blieb ich steinhart und bereit sie zu nehmen. Ich würde mich erst zufriedengeben, wenn ich sie vollständig ausgefüllt hatte. Götter, ich würde nie genug von ihr bekommen.

"Captain Trist." Direkt nach dem Signalton ertönte eine tiefe Stimme durch das Kommunikationsgerät in meinem Quartier.

"Was?" raunte ich aufgebracht. Ich hatte eben erst abgespritzt, mein Gesicht lag mitten zwischen den verschwitzten und wohl befriedigten Schenkeln meiner Partnerin und sie mussten mich anrufen.

"Captain, Sie werden auf der Kommandobrücke verlangt."

Ich kannte die Stimme, sie gehörte einem Hilfsoffizier aus der Technikabteilung. Mirandas Körper verkrampfte sich unter meiner Handfläche auf ihrem Bauch. Sie blickte zu mir herunter; ich war stinksauer. Ich spürte ihre Verwirrung, ihr Gefühl von … Resignation.

Solange Kommandant Zakar nicht persönlich an meine Tür klopfte, würde das restliche Schiff alleine klarkommen müssen, und zwar solange, bis ich mit meiner Partnerin fertig war. Ich hatte zu tun. Jede Menge sogar. "Ich bin mit meiner Partnerin beschäftigt. Richten Sie Ihrem Vorgesetzten aus, dass ich nicht erreichbar bin, und zwar bis ich Sie anderweitig informiere. Das Gleiche gilt für den Rest der Crew."

Es folgte eine Pause. "Verstanden." Der Signalton ertönte erneut und ließ mich wissen, dass das Gespräch beendet war.

"Musst du … musst du nicht gehen?"

"Gehen? Wohin?" Ich stand auf und sie stützte sich auf die Ellbogen hoch. Sie blickte mich an. Götter, sie war schlichtweg umwerfend, von den Wangen bis zu den Brüsten war sie leicht errötet. Sie sah überaus zufrieden aus, aber dennoch irgendwie enttäuscht. War ich nicht geschickt genug? Hatte ich ihr nicht ausreichend

Vergnügen bereitet? Das ging gar nicht. Ich würde sie erst aus dem Bett lassen, wenn sie vollständig auf ihre Kosten gekommen war.

“Musst du nicht das Schiff befehlen? Du bist ein Captain. Wirst du denn nicht gebraucht?” Ihr verwirrtes Stirnrunzeln war einfach nur hinreißend. So verletzlich. Ich spürte ihre Verunsicherung, den Schmerz, die Furcht, dass ich sie irgendwie kränken könnte. Und das war inakzeptabel.

“Nicht so sehr, wie ich dich brauche, Liebling.” Ich streifte meine Stiefel ab und zog mich aus, meine Uniform landete kreuz und quer auf dem Boden.

“Du gehst nicht? Was ist, wenn etwas passiert? Bist du nicht für die anderen auf dem Schiff verantwortlich?”

Das emotionale Chaos, das durch das Halsband auf mich einstürzte, bereitete mir Herzschmerz. Es war aber nicht mein Schmerz. Es war ihrer.

Welcher Vollidiot hatte ihr das nur angetan? Ihr das Gefühl gegeben, dass sie unwichtig war? Als ob ich irgendetwas Besseres zu tun hatte, als mich um sie zu kümmern. Ich würde auf diesem Schiff dienen. Ich würde die Hive bekämpfen. Aber während ich zuvor für mein Volk gekämpft hatte, so würde ich jetzt für sie kämpfen. Für sie töten. “Ich bin allein dir verpflichtet, Miranda. Du gehörst jetzt mir. Du trägst mein Halsband. Ich werde für dich kämpfen. Für dich töten. Ich würde sterben, um dich zu schützen. Und ich soll gehen? Dich nackt und verletzlich in meinem Bett zurücklassen, weil jemand will, dass ich die Wartungsberichte der Motoren überprüfe? Kommt nicht infrage. Du bist meine Priorität. Als du meinen Anspruch auf dich akzeptiert hast, bist du das Allerwichtigste in meiner Welt geworden.” Ich warf einen Blick auf ihre triefende, dick geschwollene Pussy. “Du, Liebling, und diese gierige Pussy, die befriedigt werden will.”

Ich spürte, wie all ihre Sorgen verschwanden und bemerkte … Verwunderung. Und dennoch war mir klar, dass sie es noch einmal hören musste. Und nochmal. "Es gibt nichts, was wichtiger ist als du, Liebling. Nichts."

Ich senkte meine Lippen auf ihren Fußrücken und küsste sie dort. Dann küsste ich ihre Wade. Dann die Innenseite ihres Knies. Ihren Schenkel. Ihre Haut war genauso zart wie ich sie mir vorgestellt hatte.

"Trist." Sie sprach meinen Namen und ich knurrte, dann saugte ich wieder ihren Kitzler in den Mund und eroberte sie nochmals. Götter, sie schmeckte wie der lieblichste Nektar. Mir. Sie gehörte mir. Und nichts konnte mich von diesem Augenblick losreißen, davon sie zu kosten, sie anzufassen, sie zu ficken. Sie mit meinem Samen zu füllen.

Ihre Finger schlangen sich in mein Haar und zogen mit einem festen Stich, der mich ganz verrückt machte. Sie drückte den Rücken durch und stöhnte, als ich regelrecht von ihrer Lust überflutet wurde.

Verlangen. Lust. Wollen. Quälende Erregung, die ich ihr beschert hatte.

Darüber hinaus aber verweilte das Überbleibsel eines subtilen Schmerzes in ihrem Gemüt, wie ein Schatten, der sie heimsuchte. Ein Schatten, den ich bezwingen würde. Sie gehörte jetzt mir und niemand würde ihr jemals wehtun.

KAPITEL 6

Miranda

Ich starrte zu meinem Partner hoch und konnte kaum glauben, dass mir das gerade wirklich passierte. Eben hatte er dem gesamten Schiff eine Absage erteilt. Meinetwegen. Er hatte seine Koalitionsuniform abgelegt, um mit mir zusammen zu sein. Schließlich konnte er nicht splitterfasernackt losziehen, um die Welt zu retten.

Ich konnte es nicht fassen, dass er mir gehörte. Wirklich und wahrhaftig mir. Ich hatte ihn vor weniger als einer Stunde kennengelernt und trotzdem wusste ich, dass er mir voll und ganz ergeben war. Die telepathische Verbindung der Halsbänder war eine Art Wunder. Es war verrückt. Ich konnte *fühlen*, was in ihm vorging. Wusste, dass jedes seiner Worte ernst gemeint war. Wusste genau, wie sehr er mich begehrte.

Nur mich. Es war unbestreitbar und nie hatte ich

etwas Vergleichbares gespürt. Niemand hatte mich je so sehr gewollt wie er. Niemand. Nicht einmal …

Nein. Ich würde jetzt nicht an *ihn* denken. Nicht jetzt, mit diesem gutaussehenden Prillonischen Captain zwischen meinen Beinen.

Und Gott mochte mir beistehen, er war *umwerfend.* Groß und golden und nichts als reine Muskelmasse. Er sah wie ein Krieger aus und das war er auch. Ein Alien mit markanten Zügen und bohrenden Augen. Seine Intensität ließ meinen Körper auflodern wie nie zuvor. Und sie war ganz auf mich gerichtet. Auf meine Pussy. *Oh Scheiße.*

Wie würde ich reagieren, wenn zwei Partner mich so ansehen würden? Mich brauchen würden? Mich begehren und anfassen und ficken würden?

Beim bloßen Gedanken daran musste ich fast kommen. Aber ich konnte warten. Für den Moment reichte mir Trist Treval, Captain und Prillonischer Krieger, vollkommen aus. Seine Emotionen überfluteten mich regelrecht … auf bestmögliche Art.

War es das, was Natalie mit Roark erlebte? Fühlte sie sich wie der Mittelpunkt seiner Welt, sein Ein und Alles? Sie hatte kein Halsband, das ihr seine Gefühle vermittelte und trotzdem war es offensichtlich gewesen, wenn er sie anblickte. Sicher, die beiden hatten viel durchgemacht, waren getrennt worden, als sie zurück zur Erde transportiert wurde und ihn tot geglaubt hatte. Ihre Verbindung war auf die Probe gestellt worden … und hatte gehalten.

Trist küsste meinen Fuß und meine Gedanken wanderten zurück zu ihm, zu seinen zärtlichsten Berührungen. Er küsste *meinen Fuß.* Dann mein Bein. Er arbeitete sich genau in Richtung meiner unersättlichen Pussy hinauf—sie gierte förmlich nach seinem großen Schwanz —und ich wusste, wo er hinwollte, was er gleich machen würde. Er würde mich auslecken und in den Mund saugen und mich kommen lassen, er würde mich betteln und winseln lassen, bis ich mich ihm vollständig ergeben hatte.

Ich wollte von ihm dominiert werden. Er sollte mich *brauchen* und alles von mir verlangen. Ich wusste, dass ich mich in dieser Hinsicht von anderen Frauen unterschied, aber er musste mich durchnehmen und mich vollständig unterwerfen. Ich *brauchte* es. Verzweifelt. Fast so verzweifelt, wie ich meine Tränen unterdrücken musste. *Das hier* war der Grund, warum ich eine interstellare Braut geworden war. Diese absolute Hingabe, die ich durch das Halsband spürte und sein besitzergreifender, eifersüchtiger Instinkt. Die dominante Art, mit der seine Hände über meine Haut strichen und die Art und Weise, mit der sein Mund unverhohlen und pausenlos auf mir andockte.

Genau wie Brax mich genommen hatte.

Verflucht, da war er wieder. Aber ich schob den Gedanken beiseite und konzentrierte mich stattdessen auf Trists goldenen Schopf zwischen meinen Schenkeln. Ich streckte die Hand aus und glitt mit den Fingern durch seine seidigen Strähnen. Als seine Zunge einen magischen Wirbel machte, packte ich zu und hielt ihn fest, während ich gleichzeitig die Hüften hob.

Er wollte meinen Körper, und zwar mehr als alles andere. Er hatte gesagt, ich sei seine Priorität und das meinte er auch. Als er gesagt hatte, dass er für mich kämpfen und töten und *sterben* würde, dann hatte er das ebenfalls gemeint. Ich konnte seine Entschlossenheit *spüren*, als sein Mund sich auf mir schloss, als seine Finger in meine Pussy schlüpften und mich zum Höhepunkt brachten. Er *brauchte* das hier von mir, er brauchte die Gewissheit, dass er mich befriedigen konnte, dass er derjenige war, der mich rundum versorgte, darunter auch mit Orgasmen.

Als er meinen G-Punkt fand und die Finger krümmte,

wölbte ich mich vom Bett empor und war unfähig die lustvollen Geräusche meiner Kehle zu kontrollieren.

“Trist.” Ich sprach seinen Namen, erinnerte mich daran, dass das hier Trist war, nicht Brax. Mein *Partner.* Er gehörte mir. Wirklich mir. Sein Körper gehörte mir. Sein Schwanz gehörte mir. Sein Herz würde auch mir gehören.

Diese totale Hingabe eines Partners war genau das, was ich wollte, was mir auf Trion gefehlt hatte. Trist verkörperte alles, was ich wollte. Warum dachte ich also daran zurück?

Und warum tat die Erinnerung weh?

Er knurrte und blickte zu mir auf, dann küsste er sich an meinem Körper entlang nach oben und hinterließ dabei eine klebrige Spur der Erregung, bis er schließlich über mir schwebte und sein enormer Schwanz fest gegen meine nasse Pussy presste. Ich dachte, dass er in mich eindringen würde, stattdessen hielt er inne und beugte sich über mich. Ich blickte in seine goldenen Augen und war wie gelähmt, als ich die unverfälschte Ergebenheit dort erblickte. Ich wiegte die Hüften und seine Eichel strich über meine Falten.

Gott, diese Prillonischen Halsbänder hatten es in sich. Ich würde nichts vor ihm verheimlichen können. Weder meine Ängste, noch meine Bedürfnisse oder mein Verlangen. Eines Tages hoffentlich auch meine Liebe für ihn.

Als ob er meine Gedanken lesen konnte, erweichte sich sein Blick. “Ich spüre deinen Kummer, Miranda. Du bist jetzt hier, bei mir. Ich werde dich trösten. Das ist meine Aufgabe. Es ist mein Privileg, dir deine Ängste zu nehmen. Ich werde alles tun, um dich glücklich zu machen. Ich schwöre, dass du dich nie wieder so fühlen musst. Nicht meinetwegen.”

Das war’s. Ich konnte die Tränen nicht länger zurückhalten und sie liefen mir über die Wangen. Plötzlich sah er ganz verschwommen aus und ich blinzelte, um sie irgendwie aus dem Weg zu bekommen. “Tut mir leid. Ich brauche dich. Ich wollte nicht, dass du—”

Seine Lippen setzten meinem Protest ein Ende und lange Minuten verlor ich mich in seiner sanften Erkundung. Als ich vollständig dahingeschmolzen war und meine Hände seinen straffen Po umpackten, damit er meine sehnsüchtige Pussy mit seiner harten Länge füllte, zog er zurück und blickte mir einmal mehr in die Augen. Er würde noch nicht in mich eindringen und in diesem Moment wurde mir klar, dass er das Tempo bestimmte. “Du gehörst mir, Miranda. Ich werde dich beschützen und mich um dich kümmern. Du wirst mir deine Geschichte erzählen, Liebling. Alles. Ich muss wissen, was diesen Schmerz in dir verursacht.”

Ich schüttelte den Kopf, bis er erneut anfing mich zu küssen und das Halsband verriet mir, dass er sich zurückhielt, dass sein Körper und seine Selbstbeherrschung *ihm* physischen Schmerz bereiteten. Ich litt, also litt *er* ebenfalls. Seine Mäßigung war wie ein tiefer, dunkler Pool Eiswasser in seinem Innerem. Er würde nicht lockerlassen. Er würde verlangen, dass ich ihm alles über mich preisgab. Und diese Entschlossenheit besänftigte etwas in mir, von dem ich gar nicht gewusst hatte, dass es beschädigt war.

In diesem Moment wusste ich, dass sein Schwur mir gegenüber unzerbrechlich war. Eine Stunde und ich gehörte bereits ihm. Er gehörte mir. Ich musste nur noch *ja* sagen und seinen Anspruch auf mich akzeptieren. Diese Kontrolle, diese unbeugsame Willenskraft würde mich umgeben und beschützen. Immer.

“Ich bin dein, Trist,” hauchte ich. “Deine Partnerin. Und du bist mein.”

Sein Körper verkrampfte sich und ich spürte den Wandel in seinen Emotionen, der meiner Erklärung folgte. Einen Moment zuvor war er wie ein Eisklotz gewesen. Jetzt spürte ich, wie sich in seinem Geiste eine Explosion anbahnte, ein Kontrollverlust, aber nicht, weil er schwach war, sondern weil ich von ihm gefickt werden musste. Ich brauchte ihn wild. Er sollte mich durchficken, bis ich meinen Namen nicht mehr kannte. "Alles von dir, Liebling. Körper und Geist. Ich werde mich nicht mit weniger begnügen."

"Was ist mit meinem Herzen?" sprach ich und strich ihm über die Wange.

Er neigte den Kopf und küsste meine Handfläche. "Das werde ich mir verdienen."

Für einen knallharten Alien-Krieger war er verdammt süß, wie ein liebenswertes Raubtier. Das sagte ich ihm auch.

"Ich bin nicht süß, Liebling." Mit einem bösen Grinsen stieß er langsam nach vorne. Auf halbem Wege in mir drin hielt er inne, sodass ich weit gedehnt wurde und für ihn geöffnet war, aber nicht erfüllt genug, um die ersehnte Befriedigung zu finden. *Nein. Nein. Nein. Nicht anhalten.*

Er betrachtete seelenruhig mein Gesicht, während er mich ausfüllte. Er beobachtete meine Reaktion. Ich kam mir vor, als ob er mich studierte, als ob er herausfinden wollte, was ich mochte, was ich wollte.

Aber von ihm geöffnet zu werden, mich zusammenzuballen und ihn mit gekräuselten Pussywänden tiefer ziehen zu wollen reichte mir nicht. Ich musste das Gefühl haben, ihm alles zu geben. Ich konnte es nicht erklären, verstand mich selbst nicht ausreichend gut, um ihn zu bitten irgendetwas anders zu machen, also hob ich die Arme über meinen Kopf, um mich ihm vollständig zu zeigen. Um mich ihm auszuliefern.

Seine Augen flackerten verständnisvoll auf und mit

einem kräftigen Stoß füllte er mich bis zum Ansatz, bis seine Eichel auf Grund stieß.

Mein Kopf klappte nach hinten und ich keuchte nur so. “Trist!”

Mein gesamter Körper wurde übers Bett geschoben und meine Brüste wackelten als seine kraftvollen Stöße mich auf und ab bewegten. Ich hielt vollkommen still. Ich ließ ihm freien Lauf, damit er mir das geben konnte, was er wollte und selber lernen und erspüren konnte, was ich brauchte.

Härter. Tiefer. Ich stand kurz vorm Höhepunkt und er hielt über mir inne, beobachtete mich wie ein Raubtier. Ich konnte seine Lust, seine Bewunderung für mich spüren. In seinen Augen war ich wunderschön. Exotisch. Durch das Halsband konnte ich sein Verlangen spüren, genau wie er höchstwahrscheinlich meinen Frust spüren konnte. Ich musste dringend kommen.

Ich stand kurz davor, ritt die Grenze zum Orgasmus, aber es reichte nicht. Ich brauchte … mehr. Ich ächzte und keuchte, schlingerte und ballte die Hände zu Fäusten.

“Sag mir was du brauchst, Liebling.” Das war ein Befehl.

Wie sollte ich ihm sagen, dass er noch fordernder, noch dominanter mit mir umspringen sollte? Dass mein Körper darauf wartete, dass er mir die Erlaubnis zum Kommen erteilte? Dass er mich niederdrücken und mir den Arsch verhauen und meine Nippel und meinen Kitzler mit Klammern kneifen sollte? Wie sollte ich ihm das jetzt bitteschön verklickern? Es war zu viel verlangt für unser erstes Mal. Sobald er einen Zweiten ausgewählt hatte, würde das hoffentlich kein Problem mehr sein. Zwei rattenscharfe Partner. Zwei Schwänze, um mich zu ficken und auszufüllen.

Die Vorstellung davon, wie ich zwei Männer gleichzeitig ritt überflutete mich und mein Körper sprach darauf an und wurde noch feuchter um ihn herum; ich war einen Schritt näher. Aber … immer noch nicht angekommen.

“Ahhh.” Mein Stöhnen war halb blinde Lust und halb Frustration.

“Bei den Göttern, du *wirst* mir sagen, was du brauchst.” Er packte meine Handgelenke und nagelte sie über meinem Kopf fest. Ich wollte mich bewegen, konnte es aber nicht. Er hielt mich unten und hörte auf sich zu bewegen, sein Schwanz verweilte tief in mir drin. “Jetzt,” knurrte er. “Sag es mir.”

Als ich schließlich festgenagelt, von seinem regungslosen Schwanz aufgespießt und seinem Befehl ausgeliefert war, durchrüttelte mich explosionsartig der Orgasmus und ich buckelte nur so unter ihm. Er riss überrascht die Augen auf. Ein unkontrollierbarer Schrei entwich meiner Kehle. Dieses eine Wort, *jetzt*, war das Zauberwort, dem mein Körper schließlich gehorchte. Mit Schwanz und Händen aufs Bett genagelt blieb mir keine andere Wahl. Ich wollte keine Wahl haben, sondern überreichte mich einfach ihm. Ich brauchte den Komfort, die Sicherheit seiner Dominanz, seiner Macht über mich. Ich ließ los und schenkte ihm *alles*. Ich spürte seine Verwunderung, als alles durch die Halsbänder preisgegeben wurde, als er tief in seinem Inneren meinen Orgasmus spüren konnte, zusammen mit den kringelnden Wänden meiner Pussy. Sein Kiefer verkrampfte sich und meine Ekstase katapultierte ihn ebenfalls über die Schwelle.

KAPITEL 7

Brax, Privatquartier von Senator Roark und Natalie, Xalia City, Trion

Ich ignorierte die Klingel, mit der ich normalerweise meine Anwesenheit kundtat und rammte meine Faust gegen die Tür. Es war mir egal, dass das Roarks Tür war oder dass er mein Vorgesetzter war. Es war mir egal, dass er der Senator des gesamten südlichen Kontinents war oder dass er mein Verhalten als ungehobelt oder respektlos erachten könnte. Solange er die verdammte Tür aufmachte, war mir alles andere egal.

Als er nicht antwortete, hämmerte ich weiter. Dann noch weiter. Fester. Wenn er nicht bald die Tür aufmachte, würde ich sie eintreten.

Schließlich glitt sie geräuschlos auf und vor mir stand Roark mit seinem neugeborenen Baby Talia auf dem Arm. Er sah furchteinflößend aus und schien bereit zu sein mich zu töten … bis sein Blick auf das winzige Baby auf seinem Arm fiel. Sie war die reinste Unschuld und den Gegensatz konnte auch ich nicht übersehen. Mir ging es genauso, wenn ich mit Miranda zusammen war, voller Zärtlichkeit und doch überaus beschützend. Roark hatte mich noch nie so angestarrt. Seine Worte schockierten mich sogar noch mehr.

"Falls du Noah aus seinem Nickerchen aufgeweckt hast, dann werde ich dich so lange mit meiner Ionenpistolen betäuben, bis du dir in die Hosen pisst."

Ja, seinen kleinen Sohn zu wecken kam einer Beleidigung gleich und er meinte es todernst.

Mir war aber nicht nach Spielchen zumute und ich wollte viel dringender Antworten, als ich mich vor Roarks Ionenpistole fürchtete. "Wo ist Miranda? Und wer *verfarkt* nochmal ist der Koalitionssoldat, der jetzt in Mirandas Quartier wohnt?" Er konnte froh sein, dass ich nicht an ihm vorbei gerempelt war. Nur seine totale Verwirrung, als ich Mirandas Namen erwähnte, bewahrte ihn vor einer handfesten Prügelei. Er hatte offenbar keine Ahnung, wo Miranda steckte. Keinen Schimmer.

Was bedeutete, dass sie umgezogen war. Aber wohin? Sie gehörte mir und ich würde sie finden. Ganz egal, ob sie in die Wüste oder in die Berge versetzt worden war, ich würde ihr folgen, ihr meinen Schmuck anlegen und sie wieder nach Hause holen, nach Xalia City, wo sie hingehörte. In mein Bett. In mein Haus. Ich hatte meine Mitarbeit beim Geheimdienst gekündigt und Roark mitgeteilt, dass dieses Piratendilemma im Süden mein letzter Einsatz war. Er hatte meinen Beschluss nicht infrage gestellt. Hatte nicht gefragt warum. Was ich als seine Billigung gedeutet hatte. Er wusste, dass ich mit Miranda zusammen war, der besten Freundin seiner Partnerin von der Erde, der Patentante seines Sohnes. Miranda war für Roark und seine Partnerin wie ein Familienmitglied, was bedeutete, dass er wissen musste, wohin sie verschwunden war. Und wenn Roark es nicht wissen sollte, dann würde seine Partnerin Natalie Bescheid wissen.

Roark wiegte seelenruhig sein Baby auf dem Arm und musterte mich. “Der Soldat ist ein Delegierter der nördlichen Hemisphäre und für das Jahrestreffen der Regionalallianzen hier,” erklärte er mit hochgezogener Augenbraue. Er war nicht in seine übliche Uniform gekleidet, sondern trug einfache schwarze Hosen und eine graue Tunika. Das Baby auf seinem Arm hatte dieselben hellen Haare und denselben blassen Teint wie seine Mutter, starrte mich aber mit Roarks dunklen Augen an. Sie war dabei ihrem Vater auf den Arm zu sabbern und bekam von unserem Gespräch offenbar nichts mit. Vor ihr konnte ich noch ein paar *Farks* rauslassen, ganz sicher aber nicht vor ihrem älteren Bruder, der jedes Schimpfwort, das er zu Ohren bekam mit Freude wiederholte.

“Ist mir scheißegal, wo er herkommt,” konterte ich sarkastisch. “Wo ist Miranda?”

“Warum willst du das wissen?” Das kam nicht von Roark, sondern von Natalie. Mit Noah auf der Hüfte gesellte sie sich neben ihren Partner, die Haare des kleinen Jungen waren vom Schlaf noch ganz verwuschelt. Er hielt ihre Hand und starrte mich mit neugierigen Augen an. Er kannte mich zwar, schien in diesem Moment aber noch ein bisschen Zeit zu brauchen, um sich nach dem abrupten Aufwachen orientieren zu können.

“Liebling, soll ich ihn umbringen, weil er Noah aufgeweckt hat?” sprach Roark und starrte auf seine zierliche Partnerin hinunter.

Sie schüttelte den Kopf und lächelte verhalten. Als sie sich wieder mir zuwandte, verschwand jedoch jegliche Milde auf ihrem Gesicht und wurde von einem finsteren Blick ersetzt, der alles andere als freundlich war. “Nein.

Er war schon wach, als es angefangen hat, an der Tür zu scheppern."

Roark trat seufzend zurück, damit ich eintreten konnte; wahrscheinlich hatte er eingesehen, dass ich mich nicht abwimmeln ließ. Ich bot ihm ein dankbares Nicken an und betrat ihr großzügiges Quartier. Auf dem Boden lagen Spielzeuge verstreut, unter dem Fenster mit Blick auf die Stadt stand ein mit einem kleinen Teller und Tasse gedeckter Kindertisch mit Stühlen. Wahrscheinlich verspeiste Noah dort seinen Nachmittagssnack.

"Ich will es wissen, weil Miranda mir gehört," sprach ich und drehte mich zur vierköpfigen Familie um, wandte mich dabei aber direkt an Natalie.

Sie waren eine perfekte Familie. Roark war stark, mächtig und unerschrocken; der perfekte Beschützer. Talia, die er auf einer Decke auf dem Boden abgelegt hatte und deren kleinen Beinchen jetzt in die Luft strampelten. Natalie, die stolz sein Medaillon zwischen ihren Brüsten trug. Sie waren jetzt unter einem weiten weißen Oberteil versteckt, aber in der Vergangenheit hatte sie sich viele Male bei formellen Anlässen mit tief ausgeschnittenen Kleidern in Schale geworfen und Roarks Schmuck zur Schau gestellt. Noah, der mit seinen zwei Jahren genau wie sein Vater auf die Frauen aufpasste. Er stellte sich neben seine Schwester und ahmte dabei Roarks breitbeinige Haltung nach, um sie zu beschützen. Vor mir. Jemanden, den seine Mutter offensichtlich nicht ausstehen konnte.

Vor lauter Stolz auf den Zweijährigen bog sich mein Mundwinkel nach oben. Er würde kämpferisch und mutig werden. Ich wollte selber einen Sohn, den ich zu einem tapferen Krieger erziehen konnte und der eines Tages seinerseits eine Partnerin beschützen würde.

"Dir?" Natalie schüttelte den Kopf. "Wer zu spät kommt, den bestraft das Leben, Brax."

"Was soll das heißen?" Ich verstand zwar ihre Worte, aber diesen Erdenslang hatte ich nie zuvor gehört.

"Sie gehört dir nicht. Sie hat dir niemals gehört," sprach Natalie und riss mich aus meinen Gedanken. Sie setzte sich, verschränkte die Arme vor der Brust und warf mir einen finsteren Blick zu; offensichtlich war sie böse auf mich. Ihr Zeh tippelte ungeduldig über den Boden und irritierte mich nur noch mehr.

"Wo ist sie?"

"Das geht dich nichts an." Natalie zog eine Augenbraue hoch. "Und sie gehört jetzt zu jemand anderes. Jemand, der sich gebührend um sie kümmern wird."

Bei ihren Worten machte es klick und ich richtete mich auf. Ich erstarrte. "Du meinst sie gehört zu diesem Idioten in ihrem Quartier? Nur über meine Leiche."

Natalie schnaubte. "Das kann arrangiert werden," motzte sie und wandte sich plötzlich ihren Fingernägeln zu, was mir seltsam vorkam, bis mir klar wurde, dass es eine Masche war, um mich zu ignorieren. Ich wurde *abgewimmelt.*

"*Gara,*" warnte Roark.

"Komm mir nicht mit *Gara*, Schatz. Sie hat ihm nichts bedeutet. Ein unverbindliches Arrangement. Er hat seine Chance mit ihr gehabt. Wie lange soll ein Mädel denn bitteschön ausharren und warten?" Natalie weigerte sich mich auch nur anzublicken und starrte stattdessen ihren Partner an. Der zuckte nur die Achseln und wandte sich wieder mir zu.

"Ein unverbindliches Arrangement?" fragte ich. Was zum *Fark* sollte das bedeuten? Noch ein Erdenausdruck, den ich noch nie gehört hatte, weder von Natalie noch von Miranda.

"Fickfreunde." Ihr finsterer Blick war jetzt auf mich gerichtet. "Ein unverbindliches Arrangement. Sex ohne Haken."

"Haken sind gefährlich, Frau. Mit Mirandas Körper würde ich nie so verantwortungslos umgehen."

"Brax, du schnallst es einfach nicht. Sie ist weitergezogen. Du kommst zu spät."

"Scheiß—" Ich knurrte und versuchte ihren Erdenslang zu verstehen. "Ist sie mit dem Soldaten zusammen?"

"Natürlich nicht," fauchte Natalie, "und hüte ja deine Zunge vor meinem Sohn." Sie funkelte mich an, ihr Blick erweichte sich aber als Noah sich neben seine jetzt quengelige Schwester setzte und ihre Hand ergriff. Ich wagte es nicht sie darauf hinzuweisen, dass sie eben selber geflucht hatte. Ich versuchte dieser Frau Informationen zu entlocken und sie zeigte sich alles andere als kooperativ.

Roark kam mir zur Hilfe. "Er hat nach ihrem Transport ihr Quartier bezogen."

Mir stockte der Atem. "Transport? Wo zum *Fark*—"

Natalie warf mir einen tödlichen Blick zu.

Wo war Miranda? War sie auf einen anderen Kontinent transportiert? War sie zurück zur Erde gegangen? Wen würde ich erpressen müssen, um eine Transportzusage zu bekommen und ihr zu folgen? Niemanden. Zumindest nicht solange ich nicht wusste, wo meine Partnerin hingegangen war.

"Entschuldige," sprach ich schnell und verneigte mich leicht Richtung Noah. "Wo ist Miranda hingegangen? Wo ist sie jetzt?"

"Auf einem Schlachtschiff im Sektor 17," bot Roark an.

Sektor 17? Warum würde sie in diesen Sektor gehen? Das ergab keinerlei Sinn. Ich runzelte die Stirn und fuhr mir durchs Haar. "Ich verstehe nicht. Das ist mitten im Kriegsgebiet mit den Hive. Warum hast du sie dorthin geschickt?" fragte ich Roark.

"Weil du sie nicht wolltest," sprach Natalie. "Du wolltest sie nicht zu deiner Partnerin machen, also hat sie sich einen anderen Mann gesucht, der das möchte."

"Wovon redest du da?" Das ergab keinen Sinn. "Sie gehört mir. Natürlich will ich sie. Sie ist meine Partnerin."

Natalie guckte mich schief an und da war keinerlei Hinterlist in ihrem Blick. "Nein. Ist sie nicht. Sie hat sich als Braut testen lassen und wurde mit einem Prillonen im Sektor 17 verpartnert. Sie gehört jetzt zu ihm. Ich war dabei, als sie transportiert wurde."

Fark. Fark! "Wann?"

"Gestern."

"Sag mir, dass das ein Scherz sein soll."

Natalie verengte ihren Blick sogar noch mehr. Ich blickte zu Roark. Ihm war alles andere als zum Lächeln zumute.

Talia quengelte und Noah sprang auf, rannte zu seiner Mutter rüber und zerrte sie zum Baby zurück, damit sie sich um sie kümmerte. Natalie nahm das Baby hoch und kehrte zur Couch zurück, dann schob sie das Baby zum Stillen unter ihr weites Shirt.

Roark kam herübergelaufen, nahm Noah hoch und grinste ihn an, dann tätschelte er ihm den kleinen Rücken. "Gut gemacht, mein Junge. Ich bin stolz, wie gut du dich um deine Frauen kümmerst." Noah lächelte seinen Vater an, dann umarmten seine pummeligen Ärmchen seinen Hals. Roark ließ ihn wieder runter und wuschelte ihm durchs Haar, ehe der Bursche davonrannte und an dem Tischchen Platz nahm, um seinen Snack zu verspeisen.

"Miranda ist mit einem Prillonen verpartnert worden?" Das war unmöglich. "Aber … sie gehört mir!"

Noah blickte von seinem Essen auf und starrte mich mit großen Augen an. Ich war es nicht gewohnt vor Kindern meine Gefühle im Zaum zu halten und jetzt war nicht der passendste Moment, um damit anzufangen.

Meine Frau war verpartnert worden. Mit einem anderen. Auf einem Schlachtschiff. Lichtjahre entfernt.

“Du wolltest sie nicht. Sie hat es satt gehabt zu warten,” bot Natalie als Erklärung an.

“Ich wollte sie nicht? Natürlich wollte ich sie.”

“Du hast sie nicht gefragt, ob sie deine Partnerin sein möchte.”

“Sie wollte nie etwas Festes. Sie hat immer gesagt, dass sie etwas Unverbindliches will. Ganz unkompliziert.”

“Nun, dann bist du ein Vollidiot.”

Noah kicherte und Natalie lächelte ihm zu.

Ich verdrehte die Augen.

“Wenn eine Erdenfrau eine Sache sagt, dann meint sie etwas ganz anderes damit. Hast du das noch nicht mitbekommen?” warf Roark ein.

“Hey!” Natalie war sauer. “Das stimmt nicht.” Als Roark ihr einen mysteriösen Blick zuwarf, fügte sie hinzu: “Jedenfalls nicht immer.”

“Willst du damit sagen, dass sie die ganze Zeit mit mir zusammen sein wollte und es mir nie gesagt hat?”

Ich fuhr mir erneut mit der Hand über den Kopf und raufte mir die Haare. Sie war bei mir gewesen, in meinem Bett, unter mir drunter. Sie hatte vor Lust meinen Namen geschrien, mich um meinen Schwanz angebettelt. Aber kein einziges Mal hatte sie gesagt, dass sie meine Partnerin sein wollte. Sie hatte mich gewollt und doch … gehörte sie einem anderen.

“Du hast ihr nie gesagt, dass du ihr Partner sein wolltest,” konterte Natalie.

Das hatte ich tatsächlich nicht. Letztes Mal, als sie in der Schaukel hing und ich meinen Schwanz tief in ihr vergraben hatte, hatte ich ihr sogar gesagt, dass sie eines Tages einen Mann finden würde, der sie gebührend ausschmücken würde. Ich hatte nicht erwähnt, dass ich das machen würde. *Fark*, damals war mir gar nicht bewusst gewesen, dass ich derjenige sein wollte.

Aber jetzt wusste ich es.

“Diesmal wollte ich es ihr sagen. Deswegen bin ich zurückgekommen.”

“Bevor du in den Süden aufgebrochen bist, hat sie dich gefragt. Sie hat dich gefragt, ob du bereit bist eine Partnerin zu nehmen.” Natalie schnaubte. “Du hast sogar davon gesprochen, wie hübsch sie aussehen würde, wenn ein *anderer Mann*, ihr *zukünftiger Partner* sie schmücken würde.”

Bei den Göttern, das hatte ich. Das Gespräch kam mir wieder in Erinnerung. Sie hatte die Augen geschlossen und ich hatte mich zu sehr von ihrem Körper ablenken lassen, um auf ihre Bedürfnisse zu achten. Ich hatte sie missverstanden. Ich hatte versagt.

“Besprecht ihr Frauen alle intimen Momente miteinander? Das war eine private Unterhaltung.”

“Ja, wir reden mit unseren besten Freundinnen. Ich liebe sie. Sie ist wie eine Schwester für mich. Und du hast ihr das Herz gebrochen.”

“Das war nicht meine Absicht—”

Natalie fuhr mir ins Wort; scheinbar war sie noch nicht fertig damit, mir den Dolch ins Herz zu stoßen. “Du bist seit zwei Tagen wieder in der Stadt und erst jetzt siehst du dich nach ihr um.”

“Woher weißt du das?” Ich war schockiert und etwas verunsichert, weil sie über meinen Verbleib Bescheid wusste.

“Weil dieser Soldat seit ihrem Transport ihr Quartier bewohnt. Wenn du eher an ihre Tür geklopft hättest, dann wärst du bereits früher hier aufgetaucht.”

Das stimmte.

“Ich habe meinen Job gekündigt,” sprach ich nüchtern.

Roark nickte und setzte sich im Schneidersitz neben seinen Sohn, der auf dem Stuhl an dem Kindertisch saß. Sie waren auf Augenhöhe und Roark schnappte sich einen Bissen Essen vom Teller und schob ihn sich in den Mund. "Das hat er," bot er an, als Natalie mir nicht zu glauben schien. "Gekündigt. Bei seiner Rückkehr hat er mir gesagt, dass er keine weiteren Missionen annehmen würde und dass er sich niederlassen und eine Partnerin nehmen würde."

Natalie schreckte auf. "Warum hast du mir nichts davon erzählt?"

Roark zuckte die Achseln. "Was geschehen ist, ist geschehen, Liebling. Du hast mir auch nicht davon erzählt, als Miranda sich entschlossen hat eine interstellare Braut zu werden. Von ihrem Beschluss habe ich erst erfahren, nachdem sie bereits aufs Schlachtschiff Zakar transportiert wurde. Was getan ist, kann man nicht mehr rückgängig machen." Er sah mich an, sein Blick drückte aufrichtiges Bedauern aus. "Ich verstehe deinen Schmerz, Kumpel, aber sie ist weg."

"Warum hast du ihr nicht davon erzählt?" wollte Natalie wissen. Ihre Stimme klang jetzt merklich sanfter, aber da war keine Vergebung in ihrem Blick, nur Mitleid.

"Weil ich wollte, dass meine letzte Mission komplett war. Ich wollte sie nicht noch einmal zurücklassen, nicht einen Tag lang und ich musste Trion verlassen, um beim Geheimdienst vorzusprechen. Ich habe sie nicht besucht, weil ich gar nicht hier war."

"Tut mir leid, Brax. Sie ist verpartnert," sprach sie. "Die Sache ist besiegelt. Sobald sie dem Match zugestimmt hat, gibt es kein Zurück mehr."

"Zum Teufel damit," sprach ich. Ich ging zur Tür und wedelte mit der Hand über den Sensor, damit sie aufging.

"Warte!" brüllte sie, als die Tür sich aufschob. "Wohin gehst du?"

"Auf das Schlachtschiff im Sektor 17. Sie gehört mir. Ich werde sie für mich beanspruchen und nach Hause holen."

"Aber sie wurde mit jemand anderes verpartnert," wiederholte Natalie.

"Das Protokoll ist mir egal. Sie gehört mir. Ich werde sie nicht aufgeben."

Roark saß weiter neben seinem Sohn und warf mir einen besorgten Blick zu. "Viel Glück damit, Brax. Aber der Prillonische Krieger und sein Zweiter werden dich womöglich nicht lange genug am Leben lassen, um sie zur Rückkehr nach Trion zu überzeugen."

"Sie gehört mir."

Roark wollte noch mehr Einwände vorschieben, aber die Tür hatte sich bereits wieder geschlossen. Ich fürchtete mich nicht vor dem Prillonen, der mir meine Partnerin genommen hatte. Miranda war eine wunderbare, komplexe Frau. Ich kannte sie, kannte ihre Bedürfnisse. Er hatte null Ahnung und das würde ich sowohl Miranda als auch diesem Schwachkopf beweisen, der glaubte, er könne sie besser befriedigen als ich.

KAPITEL 8

Miranda, Schlachtschiff Zakar, Kommandodeck

KOMMANDANT GRIGG ZAKAR, also Trists Boss, war riesengroß und ein bisschen furchteinflößend. Die nicht weniger imposante Frau an seiner Seite hätte mich aber ehrlich gesagt noch stärker beunruhigt. Amanda war ein Mensch, sie kam von Zuhause. Ich war zwar zwei Jahre lang nicht mehr auf der Erde gewesen, aber es war immer noch mein *Zuhause*. Jetzt aber, selbst nach der kurzen Zeit mit Trist, fühlte ich mich mit ihm ebenfalls wie zu Hause.

"Ich bin die allererste Braut gewesen, die von der Erde ins Weltall entsendet wurde," verkündete sie und lächelte stolz zu Grigg auf. Ich war mit Natalie nach Trion gegangen. Ich konnte mir nur vorstellen, wie viel Bammel sie gehabt haben musste, als sie alleine aufgebrochen war. Allerdings musste ihr Partner sie nach dem Transport bereits erwartet haben … wenn er Trist auch nur im geringsten ähnelte, dann musste er sie umgehend wieder beruhigt haben.

Der Kommandant räusperte sich, er blickte zwar liebevoll zu Amanda hinunter, seine Worte klangen aber fast schon vorwurfsvoll. "Um mich auszuspionieren, Liebling."

Ich blickte sie schief an und musste wie ein verwirrter kleiner Welpe aussehen, aber ich konnte nicht anders. "Du warst eine Spionin?" fragte ich, als ich sie genauer betrachtete. Sie trug ein langes blaues Kleid und sah so ganz und gar nicht nach Spion aus, jedoch konnte ich auch nicht wirklich sagen, wie einer auszusehen hatte.

"CIA," bestätigte sie. "Ich sollte hier rauskommen, Waffentechnologie stehlen und feststellen, ob die Hive eine ernsthafte Bedrohung darstellen."

Heilige Scheiße. "Was? Die Hive sind eine Gefahr für die Erde?" Klar hatte ich von den Hive gehört. Alle hier draußen waren eingeweiht, aber ich hatte noch nie einen gesehen. Noch nie war ich dem Krieg so nahe gekommen. "Ich war noch nie in der Nähe der Gefechtszone. Ich war auf Trion." Als ob das eine gute Erklärung war. "Ich habe noch nie einen von denen gesehen. Oder eine Schlacht erlebt. Aber hier auf dem Schlachtschiff …"

Trist beugte sich runter und flüsterte mir ins Ohr: "Wir befinden uns zwar an der Front, aber ich werde dich beschützen."

Amandas dunkelbraune Augen trübten sich und sie erschauderte. "Die Hive sind das Böse schlechthin, Miranda."

Bei dem Gedanken wurde mir leicht mulmig zumute, aber Trist legte seine Hand um meine Taille und zog mich an sich heran. Kommandant Zakar tat dasselbe mit seiner Partnerin und mir fiel auf, wie sie regelrecht mit ihm verschmolz. Es war so intim und vertraut. Ihre Halsbänder hatten dieselbe blaue Farbe, was bedeutete, dass sie sein Match akzeptiert hatte und beansprucht worden war.

Gott, diese Halsbänder waren echt das nächste Level. Die Frauen auf der Erde würden für diese Dinger ihre Seele verhökern; dank ihnen konnte man wissen, was wirklich in einem Mann vorging, was er dachte und fühlte. Es gab keine Heimlichtuerei. Keine Lügen. Trist würde nichts vor mir verbergen, weder seinen Beschützerinstinkt, noch sein Verlangen nach mir. Er wollte mich und stellte sicher, dass ich das auch jede Sekunde zu spüren bekam. Ich musste mich fragen, ob das ganze noch intensiver werden würde, sobald die Farben übereinstimmten.

Ich langte hoch und rieb über mein Halsband. Es fühlte sich gar nicht wie ein Halsband an, jedenfalls nicht so, wie ich es mir vorgestellt hatte. Also ein Halsreif, der mir die Luft abschnitt. Mir den Hals zudrückte. Das Band aber fühlte sich wie ein Teil von mir an, wie ein Teil meiner Haut. Als ob es mit meinem Fleisch verschmolzen und ein Teil von mir geworden war—und ein Teil von Trists Gefühlswelt. Als ob wir langsam miteinander vereint wurden.

Amanda—Lady Zakar—lachte und der Klang erinnerte mich an Zuhause. “Verrückt, oder?” sprach sie und wackelte mit den Augenbrauen. Ich wusste genau, was sie meinte.

“Wahnsinn. Zuhause würden die Frauen dafür über Leichen gehen,” sprach ich.

“Ja, oder?” Sie grinste.

Der Kommandant warf mir einen eindringlichen Blick zu. “Frauen sollten nicht töten. Was genau meinen Sie damit, Lady Treval?”

Lady Treval?

Heilige Scheiße. Ich war jetzt eine *Lady Treval*? Und als mir auffiel, dass jedes einzelne Crewmitglied auf dem

Kommandodeck unserem Gespräch lauschte, wurde mir klar, dass ich mit dem Kommandanten einer *ganzen* Kampfgruppe sprach und dass mein Partner sein Stellvertreter war. Wie der Vize-Präsident eines gesamten Weltraumbereichs.

Trist hatte mir ein wenig über die Hierarchie erzählt, also war ich zum Glück nicht völlig ahnungslos. Er hatte sogar erwähnt, dass Lady Zakar die ranghöchste Offizierin auf ziviler Seite war. Mächtig viel Verantwortung, besonders nachdem wir von Trists Quartier zum Kommandodeck gelaufen waren und ich gesehen hatte, wie riesengroß das Raumschiff war. Und das hier war nur ein Schiff von vielen.

Sollte das heißen, dass ich jetzt ebenfalls für Alltagsangelegenheiten verantwortlich war? An zweiter Stelle sozusagen? Was wurde von mir erwartet? Ich war total ungeeignet für eine Führungsposition. Sicher, ich war durchschnittlich durchsetzungsstark, aber nicht so wie Trist. Nie im Leben. Ich liebte meinen Job als Lehrerin. Hatten sie hier draußen denn Lehrer? Schulen? Bestimmt mussten sie Schulen haben. Aber wie würden die auf einem Raumschiff wohl aussehen?

Amanda schmunzelte und tätschelte Griggs Arm. "Das ist eine Redewendung von der Erde, Liebling."

Er nickte kurz, als ob das alles erklärte. Vielleicht tat es das ja, denn die NPUs übersetzten nicht alles. Sogar ein großer, mächtiger Prillone konnte nicht alles verstehen. Offenbar hatte ich ihren Partner durcheinander gebracht.

Ich musste mir ein Lächeln verkneifen. Ich war überrascht und überaus erfreut, weil Amanda mir echt sympathisch war. Ich würde hier eine Freundin haben. Trist und der Kommandant hatten über zehn Jahre zusammen gedient. Ich vermisste Natalie und war erleichtert, dass ich selbst hier draußen im Weltraum eine Frau von der

Erde angetroffen hatte. Wir stammten zwar nicht aus derselben Stadt und waren auch nicht zusammen zur Schule gegangen, aber die bloße Tatsache, dass sie von der Erde kam, machte sie hier draußen im Sektor 17 zu meiner besten Freundin.

Wenigstens würde sie Thor und Spiderman auseinanderhalten können *und* sie würde mit mir über Schokolade quatschen können. Trist stupste mich an. “Was?”

“Der Kommandant hat dir eine Frage gestellt, Liebling.” Er grinste und ich wusste, dass ich nicht in allzu großen Schwierigkeiten steckte, vielleicht konnte er ja spüren, wie die Freude über meine neue Freundin wie Sprudelwasser durch meine Adern schwipste.

Frage? Mist. Ich konnte mich *nicht* erinnern, was er wissen wollte. Ich hatte ihm nicht einmal zugehört, so gedankenverloren war ich gewesen.

Wieder tätschelte Amanda Griggs Arm und kam mir zur Hilfe. “Die Halsbänder, Liebling. Wir haben davon geredet, dass die Frauen auf der Erde wohl bereit wären zu töten, um an Prillonische Paarungshalsbänder zu kommen.”

Einer der Offiziere, den ich vorher gar nicht bemerkt hatte, lehnte sich zurück und warf mir einen Blick zu. “Sie müssen mir nur die Koordinaten geben, Kommandant, und ich werde sofort Kurs auf die Erde nehmen. Wir möchten doch nicht, dass die Frauen leiden müssen, schließlich haben wir hier mehr als genug Männer, die bereit sind ihnen ein Halsband umzulegen und sie zu erobern, statt auf ihre Braut zu warten.”

Der Kommandant hatte jetzt verstanden, dass ich nur gescherzt hatte, der Offizier jedoch offenbar nicht. Kommandant Zakar schüttelte den Kopf und warf seiner Partnerin einen skeptischen Blick zu. “Du bringst uns absichtlich in Schwierigkeiten.”

Sie zwinkerte mir zu, also brauchte ich mir keine Sorgen zu machen.

“Keine Sorge, Grigg, später kannst du mir dafür den Arsch versohlen.”

Ihre Worte schockierten mich und gleichzeitig machten sie mich heiß. Sie *wollte* von ihrem Partner den Arsch versohlt bekommen. Wollte von ihm dominiert werden. Ich presste die Schenkel zusammen und spürte meine schlüpfrige Erregung und Trists Samen dort.

Griggs Blick verdunkelte sich, er grub seine Hand in ihr Haar und neigte sanft ihren Kopf nach oben; den Offizier hatte er völlig vergessen. “Darauf kannst du wetten, Frau.”

Sie schmiegte sich lachend in seine Berührung. “Versprochen?”

Er brummte und ich wandte den Blick ab—die wachsende Beule in seiner Hose musste ich wirklich nicht sehen. Und diese Idee mit dem Arsch versohlen? Aber nicht mit Grigg, sondern Trist, dessen mächtige Hand auf meinem emporgestreckten Arsch aufsetzte. Vielleicht würde ich auf allen vieren kauern, vielleicht würde er mich übers Knie legen. Auf einem Tisch oder sogar mit meinen Händen gegen die Wand gestützt. Gott. Das klang verdammt scharf.

Und in diesem Moment wirkte das Halsband zu meinem Nachteil. Oder zu meinem Vorteil. Das war noch nicht ganz klar, als Trist sich nach vorne beugte und mir ins Ohr flüsterte: “Ich merke, wie diese Vorstellung dich erregt, Liebling. Diesen Wunsch werde ich später noch ausloten.” Seine Hand wanderte zu meinem Arsch und verpasste mir einen flüchtigen Kniff.

“Kommandant, es gibt ein Problem.”

Die rationelle Stimme machte die verspielte Stimmung urplötzlich zunichte und Kommandant Zakar lief zu dem Offizier rüber, der ihn gerufen hatte. Kurz darauf war er bereits mit zwei Offizieren ins Gespräch vertieft und beugte sich über einen Bildschirm.

Amanda umarmte mich flüchtig. “Ich muss los. Ich habe eine Menge Arbeit zu erledigen, aber ich kann dir gar nicht sagen, wie sehr es mich freut, dass ich jetzt eine Freundin von der Erde habe.”

Ich lächelte. “Ich freue mich auch.”

“Wir treffen uns bald mal, einverstanden?”

Ich nickte, dann verabschiedete sie sich laut und verließ das Deck. Trist zog mich in eine abgelegene Ecke, als man sich um uns herum wieder an die Arbeit machte. Der ernsten Atmosphäre zum Trotz—ich *stand* auf dem Kommandodeck eines Schlachtschiffs mitten im Weltraum—hielt ich den Atem an, als er meine Hüfte drückte und dann seine Hand noch ein bisschen weiter runter auf meinen Arsch schob.

“Trist,” hauchte ich und wackelte mit den Hüften.

Er stützte den Unterarm neben meinem Kopf an die Wand und lehnte sich nach unten, sodass wir auf Augenhöhe waren. “Vorsicht, Liebling, oder wir werden es direkt hier auf dem Kommandodeck treiben.”

Das brach meine lustvolle Trance. Trist war gefährlich … auf die *richtige* Art. Er brauchte mich nur anzurühren und schon war ich wie erstarrt. Oder besser gesagt am Dahinschmelzen. Er fühlte sich so sicher an. Mit ihm konnte ich mich gehenlassen, brauchte ich meine Gefühle nicht zurückhalten. Ich brauchte mich nicht darum zu sorgen, dass er mich verlassen könnte und daher musste ich mich auch nicht verstellen. Ich versuchte nicht meine Gefühle zu verstecken; als ob das mit ihm überhaupt eine Option wäre. Ich *war* so einsam gewesen. Und geil. Das war ich immer noch. Und überglücklich, weil ich zum ersten Mal in meinem Leben wirklich mit jemandem zusammen war. “Ich mache aber gar nichts.”

Er schmunzelte und seine Lippen streiften mein Ohr.

"Sieh dich um, Liebling. Jeder ledige Mann auf diesem Deck hat ein Auge auf dich geworfen. Der arme Leutnant da drüben wird seine noch verlieren, sollte er nicht schleunigst damit aufhören deine Brüste zu begaffen."

Erschrocken schaute ich zu dem Mann rüber, der mich Momente zuvor angesprochen hatte; mein Partner hatte recht. Der Prillone gaffte mich *tatsächlich* an. Und als ich ihn anblickte, schaute er nicht einmal weg. Nein, er blickte mir in die Augen und machte keine Anstalten sein Interesse zu verbergen. Seine freie Hand wanderte an seinen Schritt und er drehte sich zu mir um, damit ich volle Frontalansicht von seiner Uniformhose bekam. Oder besser gesagt von dem, was er darunter zu bieten hatte. "Oh. Ich ..." Scheiße.

Ich wandte mich wieder Trist zu und versteckte meinen knallroten Kopf hinter seinem mächtigen Rahmen. "Ich weiß nicht, was ich tun soll. Das war nicht meine Absicht, ich meine, ich bin mit dir zusammen und ich würde *niemals*—" Ich wollte ihn nicht beleidigen oder glauben lassen, dass ich andere Männer aufreißen wollte. Ich hatte nichts getan und diese Krieger waren ziemlich derbe. War das ein normales Verhalten auf einem Schlachtschiff? In einem Kriegsgebiet? Gütiger Himmel.

"Er ist scharf auf dich," erklärte Trist nüchtern.

Nun, das war offensichtlich. "Aber das verstehe ich nicht. Machen sie das, um dich zu provozieren? Das ist ziemlich daneben."

"Mein Match hat sich herumgesprochen. Das kommt selten vor. Und ein Prillone ohne Zweiten ist noch seltener. Sie wollen den Job. Sie wollen dein Zweitpartner sein."

Ich machte große Augen. "Ich dachte, du würdest meinen zweiten Partner auswählen. Dass mich niemand belästigen würde, sobald ich dein Halsband tragen würde."

Er legte eine Hand an mein Gesicht. “Es gibt hier draußen viele würdige Krieger. Er ist einer davon. Da ich keinen Zweiten habe, werden viele Männer um deine Aufmerksamkeit buhlen. Dass sie dabei ziemlich unverblümt vorgehen, ist für mich keine Beleidigung. Ich möchte sicherstellen, dass du mit der Wahl zufrieden bist. Solange der Mann, den du auswählst, ein ehrenwerter Krieger und Beschützer ist, würde es mir eine Ehre sein, ihn als Zweiten zu akzeptieren.”

“Der Typ hat sich eben an den Schwanz gefasst und mir gezeigt wie steif er für mich ist. Das stört dich überhaupt nicht?”

“Stört es dich?” Er betrachtete mein Gesicht und hielt inne, als ob er in meine Antwort *hinein spürte.*

Ich war nicht an dem Mann interessiert. Ich war an niemandem auf dem Raumschiff interessiert, niemandem außer Trist. Aber die Situation war völlig neu. Ich hatte einen Partner und sollte mir noch einen zweiten aussuchen? Vor seinen Augen? Ich kam mir vor wie eine Swingerin. “Ich soll jemanden auswählen?”

Wie aus dem Nichts heraus stieg Panik in mir auf und ich bekam keine Luft mehr. Das war einfach zu viel. Ich wollte das nicht. Das war nicht der Grund, warum ich hier war. Ich schüttelte entschieden den Kopf und er legte die Arme um mich. “Nein. Ich will nicht. Ich kenne keinen von denen. Ich bin sicher, dass er ein netter Typ ist, aber … nein. Ich will nicht …” Die frischen Wunden, die Brax mir zugefügt hatte, stiegen wie Lava in mir auf und brannten mein Inneres zu Asche. “Ich bin nicht gut im Männer auswählen, Trist. Die Männer, für die ich mich entscheide, tun mir immer nur weh. Deswegen habe ich das Bräuteprogramm gewählt.”

Meine Worte machten ihn wütend, aber es war eine beschützende Wut, die mich—anstatt mir Angst einzujagen—in seinen Armen dahinschmelzen ließ. Er strich mir übers Haar und schmiegte mich an sich. Seine andere Hand wanderte von meinem Hintern auf meinen unteren Rücken und hielt mich fest. “Schhh, Liebling. Ich werde mich darum kümmern. Ich werde einen würdigen Zweitpartner für dich auswählen.”

Ich war sofort erleichtert. Gott sei Dank. Ich wollte nicht diese Art von Druck auf mir lasten haben. Ich *kannte* keinen dieser Krieger. Ich hatte überhaupt keine Aliens getroffen, außer natürlich auf Trion, aber die zählten nicht wirklich. Sicher, die Trionen waren größer als Menschen und verdammt versaut, aber sie hatten keine Tentakel oder lila Penisse oder abartige Gliedmaßen. Trist natürlich auch nicht. Aber allgemein waren diese Aliens große, heiße, dominante Typen, die ihre Frauen am liebsten in die Unterwürfigkeit fickten.

Trist und Kommandant Zakar waren die ersten *echten* Aliens, mit denen ich Kontakt hatte. Ich wusste so gut wie nichts über Prillon Prime oder dieses Schlachtschiff oder die Krieger, die hier dienten. Ich wusste, dass Trist mir gehörte und mich beschützen würde. Und an dieser Gewissheit klammerte ich mich mit einer verzweifelten Stärke fest, von der mir gar nicht bewusst war, dass ich sie besaß. Er gehörte mir. Ich wollte keinen wildfremden Alien als meinen Zweitpartner auswählen, wenn Trist jahrelang mit diesen Kriegern zusammen gedient hatte. Ich würde seinem Urteilsvermögen vertrauen. Ich wusste, dass er sich gut um mich kümmern würde. Ich konnte seine Entschlossenheit *spüren*, seine Ergebenheit. Sein zwanghaftes Bedürfnis sich um mich kümmern. Und das machte mich zum ersten Mal in meinem Leben glücklich. Ich fühlte mich sicher. Angekommen. “Mir ist egal, für wen du dich entscheidest, Trist. Ich vertraue deinem Urteil. Solange du mir gehörst.”

Sein leises Knurren traf mich und einen Augenblick später hätte ich mir am liebsten ans Herz gefasst, als seine

Emotionen mich überrollten. Er war froh. Nicht einfach nur froh, sondern durch das Halsband verspürte ich einen alten Schmerz, einen Kummer in ihm, den ich irgendwie aufgebrochen hatte.

"Tut mir leid. Ich wollte dich nicht verletzen."

Er umarmte mich noch fester. "Manchmal müssen Dinge erstmal gebrochen werden, bevor sie geheilt werden können."

Ich dachte an Brax und wusste genau, was er meinte.

Kommandant Zakar richtete sich auf und drehte sich zu Trist um. "Ich störe nur ungern, Captain, aber das hier musst du dir ansehen."

Trist nickte und ergriff meine Hand, dann zog er mich hinter sich her. Mit all der männlichen Aufmerksamkeit, die mir zuteil wurde, war ich froh, dass er mich nicht alleine ließ.

"Worum geht es?"

"Wir haben den Kontakt zum Frachter 564 verloren." Ein sehr großer Mann, er musste eine Atlanische Bestie sein, stand neben einem Offizier und bediente eine Art Scanner. Es sah aber nicht nach einem Radar aus, wie ich es in Filmen gesehen hatte. Eher wie eine dreidimensionale, farbige Projektion des Raumschiffs und des umliegenden Weltraums—hinter einem Bildschirm. Es war so cool. Ich hatte nie etwas Vergleichbares gesehen.

Trist verkrampfte sich, seine Hand verkrampfte sich ebenfalls und durch das Halsband spürte ich eine kalte Welle, die er aber rasch unterdrückte. Dann spürte ich nichts. "Wie lange?"

Der Atlane prüfte den Bildschirm. "Zwei Stunden."

Kommandant Zakar sah nicht länger freundlich aus, sondern wie ein blutrünstiger Krieger. "Und die letzte Aufklärungspatrouille?"

"Verschwunden, Sir. Wir haben seit zwanzig Minuten keine Meldung mehr."

"Verdammt." Kommandant Zakar blickte den Atlanen an. "Senden sie sofort ein ReCon-Team raus. Mit einem vollen Atlanen-Kontingent zum Schutz." Dann wandte er sich Trist zu. "Jedes Schiff in der Kampfgruppe soll sich alle fünfzehn Minuten melden. Sollte es nur eine Minute Verspätung geben, dann will ich darüber informiert werden."

"Jawohl, Sir." Trist wandte sich an den Mann, der mir seine … Ausrüstung gezeigt hatte. "Schick den Befehl raus. Rückmeldung alle fünfzehn Minuten, ohne Ausnahme. Ich bringe meine Partnerin in unser Quartier zurück. Ich werde in Kürze wieder da sein."

"Jawohl, Captain."

Trist wandte sich mir zu. "Ich muss dich zurückbringen. Tut mir leid, Miranda. Ich muss arbeiten."

Das gesamte Kommandodeck war angespannt und mir wurde fast schon übel. "Was ist los?"

"Unsere Leute verschwinden einfach," erklärte er lediglich. "Das ist das dritte Schiff in zwei Tagen, das einfach verstummt."

Ich runzelte die Stirn. Wie konnte ein Raumschiff einfach im Weltall verschwinden? Es war nicht gerade so, als ob es viele Verstecke gäbe. "Verschwinden? Wie? Das ergibt keinen Sinn."

Er küsste mich flüchtig auf den Mund und zog mich auf den Korridor hinaus, dann lief er los und sprach weiter: "Die Hive. Sie haben eine Art Tarn-Technologie entwickelt und wir können ihr Schiff nicht aufspüren. Sie müssen unsere Schiffe entern und unsere Leute direkt vor unserer Nase schnappen."

Ich eilte neben ihm her. "Wie schrecklich. Ich werde etwas zu essen holen und ein Nickerchen machen. Lesen. Ist schon in Ordnung, wenn du gebraucht wirst."

Unser Privatquartier war nicht mehr weit entfernt und Sekunden später wurde ich gegen die Tür gepresst.

"Aber ich brauche dich." Er beugte sich vor und küsste mich, so hart und schnell, dass meine Knie weich wurden. Natürlich fing er mich vorher auf, dann beugte er sich noch etwas weiter runter, sodass ich die feste Tür im Rücken hatte und seine gleichermaßen fester Körper gegen meine Vorderseite presste. Er küsste mich erneut.

"Finger weg von meiner Partnerin, Prillone."

Trist erstarrte, er hatte der Stimme den Rücken zugewandt; wer auch immer gerade gesprochen hatte. Um seine gewaltige Brust herum konnte ich zwar nichts sehen, aber das war nicht nötig. Ich *kannte* diese Stimme.

Brax.

Trist drehte sich um und hatte mich im Handumdrehen hinter seinen Rücken geschoben.

"Security, Privatquartiere. Code sieben." Trists Stimme klang wie ein Peitschenknall.

"Warte!" rief ich und wollte mich befreien. "Ich kenne ihn."

"Richtig, sie gehört mir," sprach Brax, obwohl ich ihn nicht einmal gesehen hatte.

Trist knurrte und packte Brax am Genick und nagelte ihn gegen die Wand. Da er ein zwei-Meter-zwanzig großer Prillone war und Brax … eben nicht, schwebten seine Füße über dem Boden.

"Nein! Du darfst ihm nicht wehtun."

Ich war zwar böse auf Brax, aber ich wollte nicht, dass er verletzt wurde. Außerdem wollte ich nicht, dass Trist meinetwegen jemandem wehtat. Er war zwar ein Krieger, aber das musste er nicht unbedingt auf dem Gewissen haben.

"Sie gehört mir," presste Brax hervor, obwohl seine Kehle fest genug zusammengedrückt wurde, um sein Gesicht ganz blau werden zu lassen.

"Sie gehört mir," konterte Trist.

Plötzlich kamen zwei Krieger mit gezückten Waffen über den Flur gerannt.

Trist blickte zu mir. “Ich werde ihn nicht töten, aber er wird mir Rede und Antwort stehen.”

Er ließ ihn los und Braxs Füße schlugen auf dem Boden auf.

“Führt ihn ab.”

Ich sah zu, wie die Security-Männer Brax weg schleiften, aber er ließ mich nicht einen Augenblick aus den Augen. Und ich brauchte kein Halsband, um diesen Blick in seinen Augen zu verstehen. *Mir.*

Oh Mann, das bedeutete Ärger.

KAPITEL 9

Brax, Schlachtschiff Zakar, Privatquartiere

Ich hätte genauso gut im Knast sitzen können. Dieses blanke, einfache Zimmer war wie ein Gefängnis, denn ich war eingesperrt. Selbst wenn ich die Tür aufbekommen hätte, war vor der Tür auf Captain Trists Befehl hin ein Prillonischer Wachmann stationiert worden. Miranda war auf diesem Schiff, im Privatquartier des Captains. Und der war nicht nur ein gottverdammter Prillone, sondern auch noch der zweite Befehlshaber der gesamten Kampfgruppe.

Das hatte mir gerade noch gefehlt. Miranda wurde nicht nur Prillon zugeteilt, sondern ausgerechnet einem knallharten, verspannten und berechnenden Bastard.

Was genau die Sorte Mann war, auf die sie ansprechen würde. Sie war mit Leib und Seele unterwürfig. Je stärker ihr Mann war, desto sicherer würde sie sich fühlen.

Erst jetzt, als ich in diesem verdammten Zimmer

eingesperrt war, erkannte ich die Wahrheit. Ich hatte ihr nicht das gegeben, was sie brauchte. Aber ich liebte sie. Ich würde sie nicht aufgeben. Und ich würde nicht denselben Fehler wiederholen.

Der kleine Raum ähnelte einem Soldatenquartier auf Trion, nur die Aussicht war anders. Ich hatte genügend Missionen absolviert, um mich an Schlachtschiffe, fremde Planeten und zweckmäßige Quartiere gewöhnt zu haben. *Leere* Quartiere. Das Alleinsein hatte mich nie gestört. Bis jetzt, bis ich endlich meinen Kopf aus dem Arsch gezogen hatte. Jetzt wollte ich nicht länger allein sein. Ich wollte meinen Wohnraum, mein Leben mit jemandem teilen. Mit Miranda. Also hatte ich ihre Transportkoordinaten verwendet und war ihr gefolgt; um sie zu erobern.

Als ich die beiden aber gesehen hatte … und sie dabei waren sich zu küssen, war ich übergeschnappt. Sie gehörte *mir* und nicht irgendeinem zwei-Meter-zwanzig-großen Prillonen. Sie mochte ihm zwar zugeteilt worden sein, mochte ihm zwar die Lippen aus dem Gesicht gesaugt haben, aber sie gehörte immer noch zu mir. Sie reagierte auf mich, auf meine Berührungen, meinen Schwanz. Sie liebte es von mir geschmückt und gefickt zu werden, liebte etwas Schmerz, um ihr Vergnügen zu steigern. Ich kannte ihren Körper. Ich hatte nur nicht ihr Herz erforscht, bis es bereits zu spät gewesen war.

Aber es war noch nicht zu spät. Ich schlug mit den Händen gegen das Fenster und versuchte mit meinem Frust klarzukommen, allerdings war ich selbst Schuld daran.

Ich dachte an den riesigen Mistkerl, ihr Match. Er hatte sich umgedreht und sie mit seinem Körper abgeschirmt und mir war sofort klar geworden, dass sie auch ihm gehörte. Er hatte sie mit seinem Leben beschützt, wäre ohne zu zögern an Ort und Stelle für sie gestorben.

Aber ich wollte Miranda nicht töten. Ich wollte einfach nur sie.

Ich bewunderte seinen Beschützerinstinkt, respektierte ihn dafür, aber das war mir gegenüber nicht nötig gewesen. Ich würde ihr niemals wehtun. Aber womöglich hatte ich das bereits. Vielleicht hatte ich sie auf schlimmste Art verletzt. Nicht physisch, aber emotional und er wusste es. Er hatte ein verficktes Halsband um und das bedeutete, dass er ihre Reaktion auf unser Wiedersehen, als sie meine Stimme gehört hatte zumindest gespürt haben musste.

Ich brauchte kein Halsband, um zu wissen, dass ihr erschrecktes Keuchen voller Kummer war. Überraschung. Bedauern. Und so, wie sie sich ängstlich an ihn geklammert hatte, wusste ich auch, dass sie jetzt ihm gehörte.

Er hatte sofort die Wachleute gerufen, dann hatte er Miranda in sein Quartier gebracht. Ja, er war ein fürsorglicher Bastard. Ihrem Gesichtsausdruck nach zu urteilen war sie aufgewühlt gewesen—ich war nicht sicher, ob sie meinetwegen so bestürzt war oder wegen der herrischen Art des großen Typen—und nicht gerade erfreut darüber in seinem Quartier verbleiben zu müssen. Allein. Ich hatte das Halsband an ihrem Nacken gesichtet und bemerkt, dass es nicht dieselbe Farbe hatte wie seines.

Er hatte sich zu ihr runtergebeugt, ihr ins Ohr geflüstert und sie noch einmal geküsst. Mit eigenen Augen hatte ich mitangesehen, wie sie nachgiebig geworden war und sich seinem Willen gebeugt hatte. Sie hatte mir einen Blick zugeworfen und trotzig ihr Kinn angehoben, dann hatte sich die Tür geschlossen. Ja, sie war angepisst.

Dann waren die Wachen eingetroffen. Zwei Prillonische Krieger, einer war auf Trists Befehl hin vor seinem Quartier geblieben, der andere war uns über den Korridor gefolgt. Trist hatte kein einziges Wort gesprochen, sondern nur ein Zeichen gemacht und losmarschiert. Wenn er Miranda allein ließ, dann musste er sicher sein, dass sie nicht in Gefahr war. Ich mochte ihn zwar nicht ausstehen können, aber ich war ziemlich sicher, dass er gut auf seine Partnerin aufpasste.

Verdammt, nicht seine Partnerin. *Meine Partnerin.*

Die Ionenpistole an seiner Hüfte und die des Wachmanns hatte ausgereicht, um mich in Bewegung zu bringen. Ich war ein Outsider hier, auch wenn ich von *meiner Partnerin* abgeführt worden war. Ich wiederholte es wieder und wieder in Gedanken, denn so war es auch; unabhängig von der beschissenen Situation.

Seit vier Stunden saß ich nun fest. Eingesperrt. Ich wartete, es gab nichts zu tun; außer immer wütender zu werden. Auf mich selber. Nicht sie. Niemals auf sie.

Ich ging auf und ab und blickte durchs Fenster hinaus auf den endlos weiten Weltraum, jene Distanz zwischen mir und Miranda, seit ich es vermasselt hatte.

War er jetzt gerade dabei Miranda zu ficken? Hatte er mich hier reingesteckt, um zu ihr zurückzukehren und mich aus ihrem Hirn zu vögeln? Sobald ich ihn in die Finger kriegen würde, würde ich—

Die Tür ging auf und *er* trat herein.

“Sie sind Valck Brax von Trion. Ein Arzt, aber ihre Pflichten beschränken sich scheinbar nicht nur auf die Medizin.” Der Prillone musste über zwei-zwanzig groß sein. Er hatte die markanten Gesichtszüge seiner Rasse, die helle Färbung. Außerdem hatte er die steife Haltung eines Kämpfers, eines Mannes, der immer die Oberhand behielt, der es gewohnt war Befehle zu erteilen. Das wurde von den Kriegern auf den Schlachtschiffen auch verlangt, denn ansonsten würden sie mit der emotionalen Belastung gar nicht erst zurechtkommen.

“Das ist es, was so lange gedauert hat? Meine Akte sichten?” konterte ich und verschränkte die Arme vor der Brust.

“Wir haben eines unserer Frachtschiffe an die Hive verloren. Ihre Vergangenheit war also keine besondere Priorität.”

Das klang nach einem ernsten Problem und meine Schultern sackten nach unten. “Wurde es geborgen?” fragte ich. Miranda war zwar das Allerwichtigste in meinem Leben, aber sie war sicher. Ansonsten wäre er nicht hier. Auf dem Frachter aber befanden sich zahllose Kämpfer. Leben standen auf dem Spiel. Ich würde nicht kleinkariert bleiben und so ihren Verdienst schmälern.

“Nein. Ich würde das auch nicht mit ihnen besprechen, aber wie ich sehen kann, verfügen sie über eine hohe Sicherheitsfreigabe beim Geheimdienst.”

“Das tue ich.” Dieser Prillone redete nicht um den heißen Brei herum. Und wenn er mein Freigabelevel kannte, dann musste seines … noch höher sein.

“Seit wir das Schlachtschiff Varsten im Sektor 436 verloren haben, hat es mehrere Angriffe gegeben. Derzeit arbeiten Geheimdienstleute und unsere besten Forscherteams an dem Problem. Ich habe ein paar Stunden Zeit, um mich mit Miranda zu befassen. Es ist Zeit, dass ich mich auf meine Partnerin konzentriere und auf das, was am besten für sie ist.”

Mein Kiefer verspannte sich, als er *meine Partnerin* sagte. Er betonte die Worte und ich hegte keinen Zweifel daran, dass er es mit Absicht getan hatte. Ja, er hatte sie bekommen. Sie war sein Match. Er trug das Halsband und sie trug es auch. Sie war zwar noch nicht offiziell beansprucht worden—ich wusste, dass sie dreißig Tage Zeit hatte, um sich zu entscheiden—, aber sie gehörte zu ihm. Er würde sie beschützen. Sie betten. Sie verführen und erforschen und davon überzeugen, seinen Anspruch auf sie zu akzeptieren.

Ich war hier der Outsider. Blieb mir nur noch, das zu ändern. Aber mir stand ein riesiger Prillone im Weg, um

Miranda irgendwie davon zu überzeugen, dass ich einen Fehler gemacht hatte.

"Sollte nicht Miranda entscheiden, was am besten für sie ist?" konterte ich und machte einen Schritt auf ihn zu.

"Ich weiß, was sie will und was sie braucht. Sie hat mir ihr Leben und ihr Glück anvertraut."

Ich zog eine Augenbraue hoch. Die lockere, anspruchslose Frau, die ich kannte? Diejenige, die gesagt hatte, sie würde mich nicht von der Arbeit abhalten, die gesagt hatte, dass wir nur *Fickfreunde* waren? "Hat sie das? Genauso wie sie mich angefleht hat sie zu nehmen? Sie zu berühren? Sie zu küssen?"

"Du hast ihr nichts als Kummer bereitet. Du wirst nicht mehr in ihre Nähe gelangen."

"Ich habe einzig zu ihrem Vergnügen die Hand gegen sie erhoben." Das hätte ich nicht sagen sollen; ich wusste, dass es falsch war, dass ich ein Arschloch war, aber ich wollte diesem arroganten Krieger eins auswischen. Er hatte sich das genommen was mir gehörte. Meine Frau. Meine Partnerin. Sie gehörte mir. "Sie hat jede Minute davon geliebt, Prillone. Sie gehört mir."

Er kniff die Augen zusammen und jede Linie seines Körpers versteifte sich. Ich konnte nicht einmal blinzeln, ehe auch schon seine Faust in mein Gesicht rammte.

Scheiße! Ich stolperte zurück und befühlte meine Nase. Gebrochen. Das Blut lief mir übers Kinn und aufs Hemd. Es tat höllisch weh, würde mich aber nicht aufhalten; nichts, was ein ReGen-Stab wieder flicken konnte, würde mich stoppen. Aber der Stab konnte nicht Mirandas gebrochenes Herz wieder in Ordnung bringen. Nur meine Worte und Taten würde sie heilen können.

Er schnaubte und hatte die Fäuste geballt. "Sie interessiert sich nicht für dich. Sie wünscht sich Struktur. Dominanz. Sie sehnt sich nach der Gewissheit, dass sie mehr als alles andere geschätzt wird. Sie hat dir nichts bedeutet, Trione. Sie hat dich verlassen. Sie hat sich für mich entschieden."

Jedes seiner Worte war wie ein Schlag in die Magengegend und schmerzte mehr als eine Tracht Prügel. Es stimmte. Sie hatte beschlossen mich zu verlassen, um zu ihm zu gehen. Um ihm zu gehören. Das war so direkt wie der Schlag auf mein Nasenbein. "Ich hatte einen Job zu erledigen, eine Verpflichtung meinem Volk gegenüber."

Er nickte. "Das verstehe ich. Ich respektiere es sogar. Aber du hast die Bedürfnisse anderer über die Bedürfnisse deiner Partnerin gestellt."

"Korrekt. Deswegen bin ich hier. Ich habe gekündigt. Ich habe alles aufgegeben. Ihretwegen. Sie kommt jetzt an erster Stelle."

"Ja, tut sie," gelobte der Captain. "Aber nicht für dich. Ich werde nicht zulassen, dass sie leiden muss."

"Ich muss mit ihr reden. Mich bei ihr entschuldigen. Sie daran erinnern, was mir miteinander teilen. Was sie von mir braucht."

"Sie braucht überhaupt nichts von dir," fauchte er. "Sie hat einen Partner."

"Sie braucht meine Berührungen. Sie sehnt sich danach. Das Gefühl einer Klammer an ihrem Kitzler. Das Schimmern von Juwelen auf ihren harten Nippeln. Die Enge meiner Fesseln an ihren Handgelenken, wenn ich sie ficke."

Darauf ging er zum Angriff über, aber ich erwartete ihn. Ich wich zur Seite aus und entging so seiner rechten Faust, wurde aber vom Griff seiner linken erwischt. Wir rammten gegen das Fenster und ich verpasste ihm einen Haken in den Bauch.

Ein Zischen entwich seinen Lungen, aber er war noch nicht außer Gefecht gesetzt. Er war groß und stämmig. Verdammt robust. Ein beachtlicher Gegner. Da er größer war als ich, bückte ich mich, schlang die Arme um seine Beine und warf ihn um wie einen Laubbaum auf Viken.

Er schlug mit einem dumpfen Knall auf dem Boden auf, der kleine Couchtisch wurde aus dem Weg geschoben. Eine Lampe ging krachend zu Boden.

Aus der Rückenlage schoss seine Hand nach oben und traf meine Rippen. "Du hast sie gehabt, Brax. Sie hat dir gehört und doch war sie dermaßen unglücklich, dass sie dich verlassen hat. Wenn du ein anständiger Mann wärst, dann würdest du sie in Ruhe lassen." Er sprach harte Worte, aber genauso hart war mein Schlag. Ich traf seine Augenhöhle und meine Fingerknöchel schmerzten vor Wucht.

"Ich bin aber nicht anständig. Nicht, wenn es darum geht sie zu beschützen."

Er hisste und zischte mit zusammengebissenen Zähnen: "Sie gehört mir. Das Auswahlprotokoll ist der Beweis. Verpiss dich gefälligst nach Trion!"

Er stieß mich von sich runter und ich flog quer durch den Raum, landete auf dem Arsch, sprang jedoch sofort wieder auf. Ich atmete durch und wischte mir den Handrücken übers Gesicht. Die Blutung hatte bereits nachgelassen.

Er stand ebenfalls auf und funkelte mich an. "Sie gehört mir. Sie ist eine Prillonische Braut. Ich werde einen Zweiten auswählen und wir werden uns um sie kümmern. Geh nach Hause, Doktor. Sie gehört nicht mehr zu dir. Nicht länger."

Ich schüttelte den Kopf und spuckte einen blutigen Batzen auf den Boden. "Nein. Ich liebe sie und sie liebt mich. Zwei Tage mit dir können nichts daran ändern. Sie gehört *mir.* Ihr Herz, ihr Körper. Wir sind nicht auf Viken, Krieger. Ich werde sie nicht mit zwei anderen teilen. Sie gehört mir und ich werde sie nach Trion zurückbringen."

Er schüttelte den Kopf. “Sie wird nicht Trion gehen. Sie wurde Prillon Prime zugeteilt. Mir. Sie will zwei Partner und nicht drei.”

“Wo zum Teufel steckt dann dein Zweiter? Ist er jetzt gerade bei ihr? Fickt er sie, während wir uns den Schädel einschlagen?” Ich deutete Richtung Tür. Wie von Zauberhand glitt die Tür auf und sie erschien. Hinter ihr standen die beiden Wachen von vorher, allerdings blieben sie draußen, als sie das Quartier betrat.

Sie blickte sich kurz um, betrachtete das wüste Durcheinander im Zimmer, meine blutige Nase und das Auge des Kriegers, welches durch die Wucht meines Schlags zusehends schwärzer wurde.

“Was verdammt nochmal macht ihr da?”

Wir wandten uns zu ihr um und standen Seite an Seite. Verdammt, sie war noch schöner, als ich sie in Erinnerung hatte. Ihr dunkles Haar hing lang über ihren Rücken hinunter, ihr dunkelgrünes Kleid saß wie ein Handschuh. Sie war zwar wütend, ihr Gesicht hatte aber auch ein gewisses Strahlen. Sie sah weich und rosig aus, als ob sie … zufrieden war.

“Wir kämpfen,” sprach der Krieger.

“Werdet ihr als Nächstes eure Schwänze rausziehen und nachmessen?”

Bei ihrer Frage riss ich die Augen auf. “Möchtest du unsere Schwänze vergleichen?”

Sie keuchte entsetzt und warf mir einen angewiderten Blick zu. In ihren Augen sah ich Verachtung. Wut. Und … Schmerz.

“Liebling, sieh mich an,” sprach Trist.

Miranda reagierte sofort und drehte sich zu ihm um, ihr Blick erweichte sich und ihre Augen wurden ganz glasig vor Emotionen. Sie versteckte sich nicht vor ihm. Nicht mir. Ihm.

Scheiße.

“Deine Frage wurde nicht richtig übersetzt, aber im Kontext ist sie verständlich. Willst du unsere Schwänze miteinander vergleichen?”

Er stellte ihr die gleiche Frage wie ich und ich funkelte ihn kurz an. Ich konnte ihn zwar nicht durchschauen, scheinbar aber tauschten die beiden sich über ihre Halsbänder miteinander aus.

Miranda biss ihre volle Unterlippe. “Nein. Das ist lächerlich. Genau das wollte ich damit sagen.”

Er machte einen Schritt auf sie zu. “Liebling, ich kann dich spüren, vergiss das nicht. Ich kann spüren, dass du ihn brauchst. Genauso spüre ich deinen Kummer. Es ist derselbe Kummer, den ich schon die ganze Zeit in dir gespürt habe.”

Sie blickte zu mir und nickte.

“Ich werde ihn umbringen.”

Er mochte zwar größer sein als ich, aber soweit würde es nicht kommen.

“Trist, nein. Ich möchte nicht, dass er stirbt.”

“Was willst du dann?” fragte er.

“Sie möchte von mir geschmückt werden, sie möchte Nippelringe und mein Medaillon tragen und von mir markiert werden.”

Miranda schnappte nach Luft. Trist—so hieß der Mistkerl—knurrte.

“Sie gehört mir, Doktor. Noch ein Schritt, noch eine solche Bemerkung und ich werde dich töten.”

“Das würde ihr wehtun, Captain. Sie liebt mich. Sie gehört mir.”

Trist drehte sich zu mir um. Ich erwartete blanken Zorn. Leidenschaft. Tödliche Rage. Stattdessen erblickte ich kühle, berechnende Präzision. Eis. Er war wie Eis. Unkaputtbar. Unnachgiebig. Solide.

Miranda huschte an seine Seite und ließ ihre Hand in seine gleiten; ich war nicht sicher, ob sie damit Trost suchen oder den Prillonen davon abhalten wollte mich auszulöschen. Aber es bestand kein Zweifel mehr daran, dass sie ihm gehörte. Ich erkannte es an der Art, wie sie sich ihm anschmiegte, wie sie ihm gehorchte, ihn anblickte, ihn berührte.

Scheiße. Ich würde mir etwas anderes einfallen lassen müssen …

KAPITEL 10

Miranda

Ich konnte es einfach nicht glauben. Das Zimmer, wenn man es noch so nennen konnte, sah aus wie eine Sperrmüllhalde. Die beiden hatten es zerstört. Der Tisch war zertrümmert, das Sofa war an mehreren Stellen eingerissen. Alles Zerbrechliche lag in Trümmern auf dem Boden verteilt und beide Männer bluteten aus Schnittwunden und Kratzern auf ihren Gesichtern, Armen und Fäusten.

Bestimmt hatten sie auch innere Verletzungen davongetragen.

Vollidioten.

Ich ergriff Trists Hand und schmiegte mich an ihn, als die Spannung im Raum langsam nachließ. So etwas hätte ich nie erwartet. Nicht in einer Million Jahren. Nie. Ich liebte beide. Was beschissen war, denn ich würde nur einen von beiden behalten können und mit Trists Hand in meiner war bereits klar, wen ich im Zweifelsfalle wählen würde. Er war mir total ergeben und seine Fürsorge und Willensstärke brauchte ich dringender als heißen Sex, Nippelklammern und Lederfesseln, die mich am Tisch fixierten während Brax mich durchfickte.

Beide zu haben wäre nett. Ich konnte mir nichts vormachen. Jedoch sah es nicht so aus, als ob das für mich drin war. Und das würde in Ordnung gehen. Musste es.

"Was zum Teufel habt ihr euch dabei gedacht?" Ich stemmte die Hände auf die Hüften, spürte die seidige Weichheit des dunkelgrünen Kleides unter meinen Handflächen. Das Kleid hatte Trist mir heute Morgen angezogen. Er hatte sich Zeit gelassen, jeden Zentimeter von mir in ihrer seltsamen Duschröhre abgewaschen und dann in der viereckigen, schwarzen S-Gen-Anlage in unserem Badezimmer das Kleid angefordert. Auf einem Schlachtschiff war alles anders. Kleiner, kompakter, abgesehen von den Prillonen natürlich. Dann war wieder alles größer, einschließlich der Räumlichkeiten. *Unser* Schlafzimmer. *Unser Bett.* Eine Sache, die ich nie mit Brax geteilt hatte; etwas, das ich brauchte, um die schmerzende Leere in mir zu füllen. Nicht das Schlafzimmer natürlich, sondern das gemeinsame Wohnen.

Ich war hier in Braxs Gästequartier gekommen, um ihm genau das zu erklären. Ich würde nicht zurück nach Trion gehen. Ich liebte ihn immer noch. Konnte nicht anders. Ich hatte ihm ohne Vorbehalt meinen Körper gegeben und respektierte ihn nicht nur als Liebhaber, sondern als ehrenwerten Mann. Er war ein Doktor und ein Krieger, aber er würde mich nie an erste Stelle setzen. Damit hatte ich mich abgefunden. Ich hatte mich sogar testen lassen und war für mein Match quer durch die Galaxie transportiert.

Die Fürsorge, die Trist mir seit meiner Ankunft hatte zukommen lassen, war ein großer Schritt gewesen, um die Wunde zu heilen, die Brax hinterlassen hatte. Das

Kleid war weich und genauso schön wie alles, was ich auf Trion hätte tragen können. Zum ersten Mal überhaupt kam ich mir wie eine Sexgöttin vor. Und zwar wegen Trist. Mit der S-Gen-Technologie war ich bereits vertraut gewesen. Auf Trion gab es die Maschinen auch, aber ich hatte immer nur die in der Küche bedient und die waren kleiner und nicht für Ganzkörperscans ausgelegt. Trist hatte angemerkt, dass die Farbe zur Farbe seines Halsbands passte, ein Detail, das ich längst bemerkt hatte. Auf seine Art hatte er mich genauso geschmückt, wie ein Trione es getan hätte. Er hatte mich für alle sichtbar markiert und ich liebte es. Ich liebte es, dass er seine Hingabe und seine Verbindung zu mir zur Schau stellte.

Ganz im Gegensatz zu dem nüchtern dreinblickenden Idioten von Trion, der gerade auf allen vieren strauchelte und aufzustehen versuchte. Er musste schwerer verletzt sein, als ich dachte, denn er musste ein paar Mal den Kopf schütteln, ehe er wieder auf die Füße kam.

Trist dagegen schien nur noch wütender zu werden. Er war im Nu wieder auf den Beinen und blockierte Brax die Sicht. Brax würde nicht einmal in meine Nähe kommen, solange Trist es nicht erlaubte. Er war dabei mich zu beschützen und obwohl ich für Brax noch Gefühle hatte, verlieh mir diese eine Bewegung und die beschützende Rage, die ich durch das Halsband spürte, das nötige Selbstvertrauen, um mich an Trists Seite zu stellen und jenen Mann zu konfrontieren, der mir das Herz gebrochen hatte. Trist gehörte jetzt mir. Ich machte mir zwar nach wie vor Sorgen um Brax, aber Trist hatte einen ebenso großen Platz in meinem Herzen eingenommen und ich würde ihn nicht mehr hergeben. Er gehörte mir. Brax würde sich damit abfinden müssen. Er hatte seine Chance gehabt.

“Denk nicht einmal daran, dich meiner Partnerin zu

nähern, Trione, oder du wirst jemanden brauchen, der dich in den ReGen-Tank trägt."

"Sie gehört mir, Prillone. Sie hatte kein Recht, sich beim Bräuteprogramm anzumelden. Sie dürfte gar nicht hier sein."

Trist verspannte sich bei Braxs Worten und ich spürte sein brennendes Bedürfnis ihn zu vermöbeln. Brax hatte zwar keinerlei Anspruch auf mich, allerdings wollte ich auch nicht, dass er verletzt wurde. Ich legte meine Hand auf Trists Arm und hielt ihn mit dieser einen dezenten Berührung in Schach. Er war so auf meine Stimmung, meine Bedürfnisse ausgerichtet, dass er sich sofort beruhigte und zu mir runterblickte.

"Tu ihm nicht weh, Baby," sprach ich. Keine Ahnung, woher dieser zärtliche Ausdruck plötzlich kam, aber da war er. Trist gehörte mir. Brax hatte ich immer nur bei seinem Namen genannt … oder Master. Aber das zählte nicht. Und mein Ex auf der Erde? Der hatte Kosenamen gehasst wie die Pest. Seiner Meinung nach waren sie kindisch und dumm und als ich jetzt sah, wie ein riesiger Prillone bei dem Ausdruck förmlich dahinschmolz, kam ich mir eigenartig mächtig vor und total angehimmelt. Gott steh mir bei, ich hatte mich bereits in Trist verliebt. Er war so stark. So edel. So sicher. Das alles ließ ich ihn spüren und das letzte bisschen Ärger verflüchtigte sich schließlich, als er mir in die Augen starrte.

"Bedeutet dir dieser Mann noch etwas?" Trist stellte mir die Frage, aber er klang nicht verletzt oder so, nur verwirrt. "Wie ist das möglich? Er hat dich verletzt. Er ist der Grund für deinen Schmerz gewesen, ich kann es sogar jetzt noch spüren." Trist blickte von mir zu Brax und sein Blick verhärtete sich. "Ganz besonders jetzt."

Ich trat vor Trist, griff nach seinem Arm und schlang ihn um mich herum, damit ich mich an seine Stärkte anlehnen konnte, als ich jenem Trionischen Arzt gegenübertrat, der erst meine Seele geheilt und dann mein Herz gebrochen hatte. "Ja. Ich habe ihn geliebt."

Brax machte den Mund auf und wollte etwas sagen, ich aber streckte die Hand aus, um ihm Einhalt zu gebieten. Solange ich es nicht meinem Partner erklärt hatte, wollte ich auch nicht hören, was er zu sagen hatte.

Ich blickte zwar zu Brax runter, sprach aber zu Trist. "Ich war am Boden zerstört, als ich die Erde verlassen habe und nach Trion gegangen bin. Der Mann, mit dem ich auf der Erde zusammen war, war kalt und bösartig und hat mich erniedrigt und gebrochen. Doktor Brax hat mir geholfen, davon zu heilen." Ich dachte daran, wie genau er das vollbracht hatte und mein Körper erhitzte sich zusehends. Trist musste meine wachsende Begierde gespürt haben, denn sein ständiges Verlangen nach mir hallte durch die Halsbänder zu mir wider bis meine Nippel steif und meine Pussy dick und feucht wurde. Seine Hitze an meinem Rücken, sein Duft, machte mich ganz sehnsüchtig. Aber Brax war auch noch da, er warf mir jetzt *diesen* Blick zu, jenen Blick, den mein *Master* mir geschenkt hatte, als er mich wie ein offenes Buch gelesen hatte, als er genau gewusst hatte, was ich brauchte. Wonach ich mich verzehrte. Was mich zum Winseln und Flehen bringen würde, bis ich mich ausliefern würde.

"Ich kann deine Begierde spüren, Liebling." Trist beugte sich runter und flüsterte mir ins Ohr: "Gilt deine Begierde mir, Liebling? Oder ihm?"

Ich konnte nicht lügen. "Euch beiden."

"Bei den Göttern verdammt nochmal." Trist zog mich an sich, sodass ich die harte Länge seines Schwanzes gegen meinen Rücken stochern spürte, obwohl er zu Brax runterstarrte. "Was zum Teufel soll ich mit dir machen, Doktor?"

"Sie braucht mich, Trist," sprach er. "Und ich hatte sie zuerst."

Das machte mich wütend. Ich war kein Spielzeug, um das sich zwei Vorschulkinder streiten würden. “Halt die Klappe, Brax. Ich schwöre bei Gott, noch ein Wort und ich werde Trist sagen, dass er dich in Stücke reißen soll.”

Trist küsste meine Schulter und ich spürte sein Grinsen. Er fühlte sich wie ein kleiner Junge, der gerade Spielplatzkönig geworden war, während Braxs Augen sich vor lauter Zorn verdunkelten. Und Lust. Ich kannte seinen Ausdruck genauso gut wie mein Spiegelbild.

“Du *hattest* mich,” erklärte ich Brax. “In der Vergangenheitsform. Du hattest mich und hast ziemlich deutlich gemacht, dass ich nicht das war, was du in einer Partnerin gesucht hast.”

Er zuckte zusammen, schüttelte den Kopf. “Du irrst dich.”

“Halt die Klappe und hör mir zu.” Als beide Männer schwiegen, sprach ich weiter: “Ich habe dich gefragt, Brax. Ich habe dich gefragt, wann du bereit sein würdest eine Partnerin zu nehmen. Erinnerst du dich, was du gesagt hast?”

Er schloss eine Sekunde lang die Augen, dann blickte er mich an. “Ja, ich—”

Ich schnitt ihm das Wort ab. “Du hast gesagt, dass du weiter unter Senator Roark dienen würdest. Und zwar solange er dich brauchen würde. Du hast auch gesagt, dass du keine Partnerin nehmen könntest, weil der Job zu gefährlich war und du lange abwesend sein würdest.”

“Ja, aber—”

“Nein.” Er würde sich *nicht* einfach aus dieser Sache herausreden. Ich hatte recht. “Du hast mich sogar mit *provisorischem* Schmuck *ausgestattet* und mir gesagt, wie hübsch ich aussehen würde, wenn mein zukünftiger *Partner* mich dauerhaft ausschmücken würde.”

Er seufzte. “Ich weiß. Du siehst sehr hübsch aus, *Gara* …”

"*Gara?*" Ich brüllte praktisch. "*Gara!*" Ich wollte mich aus Trists Griff befreien und Brax eigenhändig zusammenschlagen, aber er hielt mich zurück und rührte sich dabei keinen Zentimeter. Verdammt war er stark. "*Wage* es nicht, dieses Wort in den Mund zu nehmen. Nicht jetzt." Dieses Wort war Liebespaaren vorbehalten. Echten Partnern. Männern, die ihre Frauen verehrten und mit Schmuck versahen. Wie Roark es mit Natalie getan hatte. Ich hatte damals so lange auf dieses Wort gewartet, dass es mich jetzt verdammt nochmal auf die Palme brachte.

Brax sagte nichts darauf und lange Minuten verstrichen schweigend, bis ich mich wieder beruhigt hatte. Trist beobachtete Brax und ich fragte mich, ob er in dessen Augen dasselbe sah wie ich.

Reue? Schmerz? Sehnsucht?

Oder bildete ich mir das alles nur ein?

Ich konnte kaum noch klar denken, so viel blinder Zorn schäumte in mir auf; Zorn, den ich bis jetzt unterdrückt hatte. Er überdeckte den Schmerz, was großartig war, aber ich konnte kaum noch durchatmen.

Braxs normalerweise karamellfarbene Haut nahm eine blassgelbe Färbung an und er schien endlich zu verstehen, wie sehr seine Handlungen mich verletzt hatten. Trist blieb still, als Brax auf einem Knie kauerte und den Kopf senkte. "Du bist mein Herz, *Gara.* In der Nacht, in der ich dich geschmückt habe, ist mir klargeworden, dass ich nicht ohne dich leben kann."

Er starrte auf meine Füße und ich schüttelte ungläubig den Kopf. Ich konnte nirgendwo hin, denn Trist hielt mich weiter fest. Und Gott sei Dank dafür, denn seine solide Stärke bewahrte mich vorm Überschnappen. Ich schmiegte mich an ihn und ließ *meinen Partner* all meine Dankbarkeit, meinen Trost, mein komplettes Vertrauen in ihn spüren. Ich erlaubte ihm mich festzuhalten und er erlaubte mir, mich auszusprechen. “Ich glaube dir nicht, Brax. Du hattest sechs Monate Zeit.”

“Es sollte meine letzte Mission werden, Miranda. Der Tag, an dem du ohne dich zu verabschieden verschwunden bist, war derselbe Tag, an dem ich meinen Vertrag beim Geheimdienst und mit Senator Roark gekündigt habe.”

Trist verkrampfte sich, als er den Geheimdienst erwähnte. Das steckte also hinter Braxs mysteriösen Einsätzen. Aber das war mir schon lange egal.

“Ich habe auf dich gewartet, Brax. Dumm wie ich war. Über einen Monat habe ich gewartet. Aber als du wieder in Xalia City warst, hast du dich nicht einmal gemeldet. Ich hatte dich wochenlang nicht gesehen und du bist ohne ein Wort zu sagen gekommen und gegangen.” Das hatte am meisten wehgetan. Das war der Moment, an dem ich wirklich verstanden hatte, dass ich ihm nichts bedeutet hatte. Nichts.

“Ich konnte es nicht ertragen dich für mich zu beanspruchen und dich danach wieder allein zu lassen. Roark wusste, dass ich genug hatte. Der Geheimdienst wusste es. Ich brauchte zwei Tage für die Nachbesprechung in Prillon Prime. Und nach meiner Rückkehr wollte ich dich fragen, ob du für immer mit mir zusammen sein willst.”

Konnte das sein? Der Zorn verflüchtigte sich und hinterließ nichts als Kummer. Aber selbst diese Information reichte mir nicht. Nicht mehr. “Trist gehört mir, Brax. Ich habe mich testen lassen und wurde mit einem Prillonischen Krieger verpartnert. Ich brauche ihn. Ich will ihn. Ich kann nicht nach Trion zurück und das möchte ich auch nicht.”

Trist legte in einer offensichtlich besitzergreifenden Geste die Hand um meine Taille, aber ich störte mich nicht daran. Ich war genau da, wo ich sein wollte … in seinen Armen. Ich gehörte zu ihm.

Und wenn das nicht ausreichte?

Ich brachte die leise, irritierende Stimme in meinem Kopf zum Schweigen. Brax war nicht die Endstation für mich. Nein. Ich hatte einen anderen Partner, einen sexy, dominanten Alphatypen, um mich zu lieben. Um mich anzubeten. Der tatsächlich mit mir zusammen sein *wollte.* Einen Zweiten. Und ich *wollte* zwei Krieger. Ich wollte überwältigt werden und zwischen zwei dominanten Männern ertrinken. Die Vorstellung machte mich so heiß, dass ich kaum noch klar denken konnte. Und das konnte Brax mir nun mal nicht geben.

Brax blickte auf, aber er blickte nicht mich an, sondern Trist. "Und wo ist dein Zweiter, Prillone?" Brax blickte sich übertrieben um. "Müsste er nicht hier sein? Deine Partnerin vor mir beschützen?"

"Ich habe noch keinen Zweitpartner ausgewählt." Trist sprang so rasant von entspannt auf Alarmbereitschaft um, dass sich mir vor lauter Gefühlswirren der Kopf drehte.

Brax blickte Trist in die Augen und stand einmal mehr auf. "Ich sollte dein Zweiter sein."

Trist zog mich zurück, sodass ich halb hinter ihm stand. "Denk nicht mal daran, Trione. Du bist ein Arzt, kein Krieger. Du bist klein. Schwach. Du hast Mirandas Gefühle verletzt. Du bist kein würdiger Partner für sie."

Braxs Lächeln war schmerzverzerrt, die tiefen Fältchen an seinen Augenwinkeln und um seinen Mund herum waren völlig neu. "Du hast recht. Sie ist von unschätzbarem Wert. Und ich habe ihr wehgetan, auch wenn das nie meine Absicht war. Ich war ein Narr. Ich habe sie nicht verdient, Krieger. Und du verdienst sie ebenso wenig."

Trist knurrte bestätigend, aber Brax hatte noch mehr zu sagen.

“Ich bin weder klein noch schwach. Ich bin zwar ein ausgebildeter Arzt, aber ich bin auch ein ausgebildeter Krieger, ein ehemaliger Offizier des Koalitionsgeheimdienstes. Ich habe gekämpft. Ich habe getötet. Ihretwegen würde ich sterben und ihretwegen würde ich töten …” Sein Blick wanderte zu mir. “Ich würde sie sogar mit einem anderen teilen, Captain, wenn es das ist, was sie glücklich macht.”

Bei der Vorstellung, dass Brax mein Zweitpartner werden könnte, wurde mir schwindelig und mein Herz pochte wild in meiner Brust.

Wäre das möglich? Was würde Trist dazu sagen? Zuvor hatte er mich regelrecht aufgefordert einen Zweitpartner auszuwählen, aber aus einem Raumschiff voller Fremder hatte ich nun wirklich keinen auslesen wollen. Aber Brax war kein Fremder.

Der Gedanke war jetzt fest in meinem Verstand verankert und ich musste pausenlos daran denken, wie ich nackig und ausgeschmückt von ihnen beiden genommen wurde.

Meine Güte. War ich bereits am Keuchen? Wie peinlich. Ich räusperte mich und versuchte mich auf das Gespräch der beiden zu konzentrieren. Meine Ohren rauschten und ich hatte bereits einen Teil davon verpasst. War das Panik? Schock? Angst? War ich dabei den Verstand zu verlieren? Halluzinierte ich? War das ein Traum?

Mein Körper war anderer Meinung. Alles fühlte sich so schwer an. Zwischen meinen Beinen machte sich Hitze breit und jeder Schlag meines Herzens sendete einen pochenden Pulsschlag durch meine klitschnasse Pussy. Ich war ganz krank vor Verlangen. Vor *Mangel.*

Brax redete weiter: “Lass mich raten, Krieger. Du warst dabei sie zu ficken, ihre Pussy auszufüllen. Sie wurde immer wilder, stand kurz vorm Höhepunkt, konnte aber einfach nicht kommen. Ihr Orgasmus blieb unerreichbar, als ob sie noch etwas anderes brauchte."

"Oh Gott. Hör bloß auf!" *Das* musste ich mir jetzt echt nicht anhören.

Trist allerdings war äußerst interessiert an dem, was Brax zu sagen hatte. Durch unsere Halsbänder spürte ich seine Verwirrung, seine intensive Neugierde. "Sprich weiter, Doktor. Sag mir, was du über meine Partnerin weißt."

"Sie braucht einen Geliebten, der die Kontrolle für sie übernimmt, der ihre Unentschlossenheit beseitigt. Ihre Schuldgefühle. Ihre Zweifel. Sie muss von der Angst befreit werden, dass sie einen Fehler machen könnte, dass sie herausfinden muss, was ihr Liebhaber sich wünscht oder von ihr braucht. Sie muss sich ihm vollständig ausliefern. Sich ihm unterwerfen."

Braxs Worte ließen mich erschaudern. So dachte er also über mich? Ich sei schwach? Unentschlossen?

Ich dachte an meine Zeit mit Trist, wie er in mich hinein gerammt war und meinen Körper in Flammen gesetzt hatte. Wie er frustriert gefragt hatte, was ich brauchte. Ich konnte es ihm nicht sagen. Erst als er mich niedergedrückt und mir befohlen hatte zu kommen, mir befohlen hatte loszulassen, war ich in der Lage gewesen den Orgasmus zuzulassen und mich ihm vollständig zu übergeben.

Brax kannte mich. Es stimmte. Er hatte ein Monster in mir heraufbeschworen, ein Monster, das Dinge brauchte, von denen ich mir nicht sicher war, ob Trist sie gut finden würde.

Trists nächste Worte schockierten mich, aber nicht so sehr wie die Selbstgefälligkeit, die ich durch mein Halsband spürte. "Letzte Nacht bin ich mir den Bedürfnissen meiner Partnerin bewusst geworden. Ich kann dir versichern, Doktor, auf diesem Schiff gibt es mehr als genug ehrwürdige Prillonen, die mehr als fähig wären, ihr Bedürfnis nach einem dominanten Partner zu erfüllen, Krieger, denen es eine Ehre sein würde mit mir zusammen ihre Kapitulation und ihre Unterwerfung entgegenzunehmen." Seine Stimme war reine, geschmolzene Hitze. Sex. Roh und ungezügelt.

Ich klemmte die Beine zusammen und rieb meine Brüste an Trists Torso. Wollten die beiden mich etwa umbringen?

"Ich will euch. Ich will euch alle beide." Ehe ich mich sammeln konnte, hatte ich es bereits ausgesprochen.

Trist wandte sich um und blickte auf mich runter. Ich wusste, dass er meine Erregung spüren konnte. Ich hatte mich noch nie so gefühlt, zumindest nicht während ich voll bekleidet mitten in einem Raum stand. Wenn mich einer von beiden jetzt angefasst, mich geküsst oder auch nur gestreift hätte? Ich war bereits kurz vor der Schwelle. Bereit zu kommen.

Bereit mich allen beiden zu unterwerfen.

Trist hob seine Hand und strich mit einer solchen Zärtlichkeit über meine Wange, dass ich bereit war mir die Kleider vom Leib zu reißen. "Du möchtest das hier? Mich? Und ihn?"

Ich nickte. Das tat ich. Ich liebte Brax immer noch. Und ich liebte Trist. Es war … nun, ich hätte gedacht, dass es unmöglich war. Aber das hier war mein Nirvana. Mein Himmel. Ein Traum, den ich mir nie ausgemalt hätte. "Ja."

Lange Sekunden blickte er mir in die Augen und ich versteckte ihm nichts. Weder meine Bedürfnisse, meine Emotionen, noch meine Ängste—Angst, dass er nein sagen könnte. Dass Brax mich erneut verlassen würde, dass ich irgendwie verletzt werden könnte. So oder so, die Möglichkeit bestand.

Trist drehte sich zu Brax um, der jetzt einen Schritt

nach vorne gemacht hatte. "Du kommst mit in unser Quartier, Doktor. Dort werden wir meine Partnerin zusammen befriedigen. Aber du bist nicht mein Zweiter. Zuerst wirst du dich als würdig erweisen müssen, und zwar nicht nur im Bett. Hast du verstanden?"

Brax nickte. "Ja."

Ich dachte, Trist wäre fertig, aber er fügte noch eine Warnung hinzu: "Solltest du ihr nochmal wehtun, dann werde ich dich erledigen. Hast du verstanden?"

"Werde ich nicht. Du hast mein Wort." Brax legte sich die Hand aufs Herz.

Brax willigte ein und Trist drehte sich wieder zu mir um. "Ich werde ihn in unserem Bett akzeptieren, Liebling, für dich. Auch wenn er dich gut befriedigt, wird er sich auf dem Schlachtfeld beweisen müssen. Hast du verstanden? Um deiner würdig zu sein, muss er zeigen, dass er dich beschützen kann und dass er dir Vergnügen bereiten kann."

Ich nickte. Ich hatte verstanden. Das hier könnte also bei einer einmaligen Sache bleiben. Trist würden meinen Zweitpartner bestimmen. Trist würde darüber entscheiden, ob Brax geeignet war oder nicht.

Und ich hatte nichts daran auszusetzen. Trist bedeutete mir die Welt, er legte den sicheren Raum fest, in dem ich mich entfalten würde. Also willigte ich ein und war zufrieden damit. "Ja, Liebling. Danke. Ich traue mir selbst nicht, sobald es um ihn geht."

Brax wollte protestieren, aber ein scharfer Blick von Trist, und schon war wieder mucksmäuschenstill. "Du wirst mit ihr nicht über eine Eroberung sprechen. Damit das klar ist, sie gehört mir. Entweder, du wirst dich *mir gegenüber* beweisen oder du wirst nach Trion zurückkehren."

KAPITEL 11

Miranda

Das hier war der reinste Wahnsinn. Mein Traum. Das hier war … echt? Brax wollte mich wirklich. Genug jedenfalls, um mir quer durch die Galaxie zu folgen. Und Trist wollte mich genauso. Man hatte noch nie um mich gekämpft und auch wenn das Ganze total lächerlich war, so war es doch verdammt scharf. Zwei Typen, die ihren Anspruch auf mich geltend machten, die sich auf die Brust trommelten. Meine Eierstöcke würden keine Chance haben. Und meine Vagina?

Ihren hitzigen, unverhohlenen Blicken zufolge würde sie auch keine Chance haben.

"Ich habe dir etwas mitgebracht," sprach Brax mit seiner tiefen Master-Stimme. Ich hatte ihn früher so genannt, weil ich ihn wirklich für einen gehalten hatte. Aber das war, als wir unser unverbindliches Arrangement miteinander ausgelebt hatten. Ihn jetzt als Master zu bezeichnen hatte eine andere Bedeutung. Es steckte … mehr dahinter. Ich war noch nicht bereit ihn so zu nennen, denn ich vertraute ihm nicht hundertprozentig. Mein Körper sagte zwar ja, aber mein Herz?

Er würde sich beweisen müssen.

Er langte in seine Trionische Uniformhose und holte etwas hervor, dann streckte er mir die Hand aus. Die grünen Edelsteine erkannte ich sofort wieder.

Meine Pussy zog sich zusammen, als ich daran dachte, wie sie mein zartes Fleisch gebissen hatten, wie der scharfe Stich sich in einen Hitzestoß verwandelt hatte. Der sich wiederum in einen bittersüßen Orgasmus gewandelt hatte …

Trist knurrte und stapfte zur Wand rüber, er lehnte sich dagegen und verschränkte die Arme. Ich konnte seine Wut spüren, seine Eifersucht. Er wollte mich zwar nicht mit Brax teilen, aber das würde er. Wäre er ein Mensch, dann würde er es wahrscheinlich hassen zu erfahren, dass Brax als Erster mit mir zusammen gewesen war. Dass wir monatelang miteinander geschlafen hatten und dass es mir gefallen hatte.

Aber Trist war kein Mensch. Eine Frau zu teilen war für ihn völlig normal. Es war sogar eine Ehre. Genau dieses Wort hatte er verwendet, als er seinen früheren Sekundanten erwähnt hatte, der sich einer anderen Familie angeschlossen hatte.

Er wollte, dass ich mit einem zweiten Mann zusammen war. Er würde mir zusehen. Sie würden mich sogar gemeinsam nehmen. Und der Gedanke ließ mich erschaudern. Er machte mich heiß.

Trist knurrte erneut, sein Blick wurde zunehmend hitziger. Sein Schwanz in seiner Hose war jetzt eine harte, dicke Beule und er hatte keinerlei Absicht ihn zu verstecken.

Er wollte mich. Er wollte mich scharf. Und wenn Brax

mich scharf machte, dann würde er nichts dagegen einwenden.

Und seiner Stellung nach zu urteilen wollte er zusehen. Nahe genug, um seinen Porno zu betrachten und mir im Zweifelsfall zur Hilfe zu kommen, aber weit genug weg, um Brax den nötigen Freiraum zu geben.

Und ich wollte es. Vor lauter Vorfreude rieb ich bereits meine Schenkel zusammen.

Brax grinste. Es war das selbstsichere, flüchtige Lächeln, an das ich mich so gewöhnt hatte. Es ließ Höschen schmelzen. So kokett. Trist war nicht locker genug, um mir ein solches Lächeln anzubieten, aber die Sache hatte auch ihren Preis. Lockeres Wesen gleich lockere Beziehungen. Das hatte ich zumindest gedacht.

"Siehst du die Kette? Ich habe sie für dich mitgebracht, um dich zu beanspruchen."

Trist knurrte zum dritten Mal.

"Jetzt?"

Ich hatte Trist bereits zugesagt und eingewilligt sein Halsband zu tragen, aber ich war noch nicht erobert worden. Unsere Halsbänder hatten nicht dieselbe Farbe. Ich hatte ihm die Entscheidung überlassen, wann es soweit sein würde, denn ich vertraute seiner Urteilskraft, liebte es, mich ihm zu unterwerfen. Ich wusste einfach, dass er den perfekten Zeitpunkt finden würde.

Aber mit Brax? Ich war längst nicht bereit dafür. Die Tatsache, dass er sie extra von Trion mitgebracht hatte, sprach Bände.

Er schüttelte den Kopf. "Ich werde dich nicht jetzt gleich für mich beanspruchen. Du hast noch ungefähr dreißig Tage Zeit, oder?"

Ich blickte zu Trist rüber, nickte.

"Heute wirst du nur die Nippelklammern tragen, die dir so sehr gefallen haben, aber ich werde die Kette hinzufügen. Damit dein Primärpartner sieht, wie hübsch du mit Schmuck aussiehst."

Trist schnaufte. "Sie braucht keine Juwelen oder Gold, um hübsch auszusehen."

Ich lächelte ihm zu, lächelte der eindringlichen Welle der Eifersucht entgegen, die ich durch die Halsbänder spürte. Er wollte mich nackt. Ohne Schnickschnack. Das machte ihn heiß.

Aber ich mochte den Schmuck. Wenn ich ihn für Brax trug, dann fühlte ich mich schön, und zwar auf völlig andere Art als mit Trist.

Oh Mann, warum hatte ich überhaupt gedacht, dass es mit zwei Aliens total heiß werden würde? Es war *hart!* Immerhin würde ich zwei anspruchsvolle, dominante Männer glücklich machen müssen, damit sie sich nicht gegenseitig an die Gurgel gingen. Sie befriedigen. Ich würde mich mit Natalie über die Realität mehrerer Partner austauschen müssen. Zwei Schwänze waren eine Sache, aber der Rest? Ihre herrischen Temperamente, ihre kampfbereiten Fäuste? Ihre reizbaren Persönlichkeiten?

"Stimmt. Nackt ist sie bereits lieblich. Aber mit Juwelen bestückt und bettelnd?" Brax summte leise vor sich hin, während er sich den Schwanz in der Hose zurechtrückte.

Dann streckte er mir die Hand aus. "Komm, *Gara.*"

Ich blickte zu Trist rüber; er blieb ungerührt. Trotzdem konnte ich seine Zustimmung durch die Halsbänder spüren; auch ohne dass er mit dem Kopf nickte.

Ich konnte es kaum erwarten. Bei meinem Test hatte ich davon geträumt. Es war genau das, was ich wollte, was ich *brauchte.* Zwei Männer, die unterschiedlicher nicht sein konnten und die mir alles geben würden.

Ich atmete tief durch und ging zu Brax rüber.

* * *

Brax

SIE WAR WUNDERSCHÖN. Alles, was ich mir je erträumt hatte. Wie war mir dieser rötliche Schimmer in ihrem Haar, wenn Licht darauf fiel, vorher nicht aufgefallen? Wie hatte ich vorher nur übersehen, wie klein und zierlich sie war? Ihr zwei-Meter-zwanzig großer Partner verstärkte den Eindruck umso mehr. Ich wollte sie in die Arme schließen und sie beschützen. Sie küssen. Sie streicheln und ihr sagen, wie wunderschön sie war.

Außerdem wollte ich sie auf den Knien sehen. Unterwürfig. Bettelnd.

Trist war ohne Zweifel ein dominanter Partner. Er war der Primärpartner in ihrem Match. Es gab keinen Zweiten.

Jetzt allerdings schon. Mich.

Miranda sehnte sich nach seiner Dominanz. Musste sie, denn ihr Match war nahezu perfekt. Das eliminierte mich aber nicht automatisch, sondern bestätigte nur, dass ich auch dazugehörte. Er brauchte einen Zweiten; sie brauchte mich. Ich musste nur noch beweisen, dass ich ihr würdig war.

Und zwar von jetzt an.

Als sie sich mir gegenüberstellte, fasste ich ihren Kiefer und strich mit dem Daumen über ihre Wange. Sie machte die Augen zu und neigte den Kopf zur Seite, als ich ihre seidig zarte Haut streifte.

An anderen Stellen war sie noch weicher, zum Beispiel an der Seite ihrer Brust oder am Innenschenkel. Dorthin würde ich noch kommen.

Später.

“Sollen wir deinem Prillonen zeigen, wie du mit Nippelklammern aussiehst? Mit Juwelen geschmückt?”

Sie leckte sich die Lippen und nickte.

“Ich muss es hören, *Gara*.”

Sie schluckte, dann wandte sie den Blick ab. “Ja,” flüsterte sie.

Ich brauchte kein Halsband, um zu wissen, was sie *nicht* aussprach.

Mein Daumen strich weiter über ihre Wange. “Schon gut, Miranda. Du musst es nicht sagen. Noch nicht. Wenn du soweit bist, wirst du mich wieder Master nennen.”

Ihre Augen trafen meine und ich sah Erleichterung in ihrem Blick. Frieden.

Mein Schwanz in meiner Hose pulsierte nur so. Ich trat zurück, zog meine Hand weg. “Das Kleid steht dir ausgezeichnet, aber auf dem Boden wird es genauso gut aussehen.”

Ganz langsam, als wollte sie meinen Schwanz anstacheln, hob sie ihre Hände an ihre Schultern und schob die dünnen grünen Träger—die Farbe ihres Kleides hatte ich nicht übersehen, sie passte zum Halsband ihres Partners; es war seine Familienfarbe—von ihren Schultern und dann über ihre Arme.

Je weiter es ihren Körper entlang glitt, umso mehr zeigte sie. Darunter war sie splitterfasernackt. Nichts bedeckte ihre Brüste. Kein Stückchen Stoff versteckte ihre Pussy.

Ich konnte nicht anders und stieß ein Knurren aus meiner Brust aus; genau wie vorher Trist. Unbekleidet war sie eine Erscheinung. Volle Brüste, plumpe Nippel, die unter meinen Augen steif wurden. Ein leicht gerundeter Bauch und runde Hüften. Sie war kein Nagelbrett, sondern an allen richtigen Stellen üppig und voll. Perfekt zum Festhalten, zum Zupacken, sobald ich sie ficken würde.

Daran erinnerte ich mich allzu gut.

Als sich der Stoff zu ihren Füßen sammelte, stand sie groß und stolz da, aber ich sah leichte Nervosität in ihren Augen und in der Art, wie ihre Finger sich regten.

Ich würde sie nicht länger warten lassen. Ich streckte die Hand aus und berührte ihre Brust, erinnerte mich an ihr köstliches Gewicht. Sie seufzte und presste ihre Brust in meine Hand. Sie wollte es.

Trist gab ein tiefes Geräusch von sich; als wäre er ein Atlane mit einer inneren Bestie. Eine Sekunde lang schenkte ich ihm meine Aufmerksamkeit. Er hatte sich nicht vom Fleck gerührt und stand immer noch gegen die Wand gelehnt, von wo aus er freie Sicht auf unsere Partnerin hatte.

Ja, unsere. Ich würde es ihm mit jeder Geste beweisen.

Ich konnte ihn verstehen, denn ich kam mir selber wie besessen vor. Nicht von einer Bestie besessen, aber einem so übermächtigen Verlangen, dass ich ausrasten würde, sollte ich nicht bekommen, was ich wollte.

Ihre Brust zu berühren beruhigte mich jedoch. Sie war hier, direkt vor mir. Ganz. Sie wollte mich. Wollte das hier.

Die Nippelklammern waren jetzt mit einer dünnen goldenen Kette verbunden. Sie war leicht und würde nur unmerklich an ihren Brustwarzen ziehen. Erst mein Medaillon würde sie nicht nur als meine Partnerin ausweisen, sondern einen ständigen Zug ausüben, um sie an unser Match zu erinnern.

Ich hielt eine Klammer zwischen meinen Fingern und ließ die andere fallen, sodass sie an der Kette baumelte, dann bearbeitete ich ihren Nippel mit Daumen und Zeigefinger, ich zupfte und zerrte sanft, bis er steif wurde.

Erst dann senkte ich ohne den Blickkontakt mit ihr zu brechen den Kopf und nahm die Spitze in den Mund. Ich saugte. Leckte.

Und als sie stöhnend ihre Hände in mein Haar vergrub, stand ich wieder auf.

“Die Erste,” sprach ich, öffnete die Klammer und klemmte sie an ihren leuchtend rosa Nippel. Einmal geschlossen passte ich den Sitz an.

Ich betrachtete ihre Augen, sah einen Anflug von Schmerz, als die Klammer enger wurde, dann vernahm ich ein Keuchen, als ich sie noch ein bisschen enger zuzog.

“Atme,” flüsterte ich.

Sie folgte meiner Anweisung und einen Moment später erweichte sich ihr Blick und sie war vor Lust fast schon wie vernebelt. Der Schmerz hatte sich in das süße Vergnügen verwandelt, welches sie so sehr liebte.

“Brax,” flüsterte sie, als ich die Prozedur an ihrem anderen Nippel wiederholte.

Erst als beide Klammern angebracht waren und sie ihren Biss und dann ihre Ekstase spürte, trat ich zurück.

“Captain, sieh unsere Partnerin an. Mit oder ohne, sie ist wunderschön.”

Sie hatte noch nie die Kette getragen, als die dunkelgrünen Edelsteine aber unter ihren kessen Nippeln schwankten, war sie der Eroberung einen Schritt näher und meine Eier zwickten. Das Bedürfnis, sie übers Bett zu beugen und sie von hinten zu ficken während ihre Brüste nur so wackelten und die Kette hin und her schwang, war fast schon verzweifelt.

Genau so würde ich sie nehmen. Schon bald.

Ihr Blick wanderte zu Trist und ich erkannte einen Anflug von Unsicherheit. Sicherlich konnte er es durch sein Halsband spüren.

Er drückte sich von der Wand ab und kam zu ihr herübergelaufen. Dann blickte er auf ihre Brüste hinab und musterte sie schweigend. Mit einem Finger schnippte er an der Kette, sodass sie vor und zurück schwang. Sie keuchte.

"Es gefällt ihr," sprach er, als ob ihn das überraschte.

Ich ging hinter sie, langte um sie herum und fasste mit einer Hand ihre Brust, die andere legte ich zwischen ihre Schenkel. Wie ich ihre schlüpfrige Hitze vermisste hatte. Sie war immer feucht, immer klitschnass für mich.

"Trist," hauchte sie.

"Du magst diese Berührung."

"Ja."

"Ich kann spüren, wie sehr du auf die Klammern abfährst. Zugegeben, wenn ich meine Farbe an dir sehe, möchte ich dich direkt durchficken."

"Trist," sprach sie erneut.

Er trat zurück, ließ sie aber nicht aus den Augen. Das war mein Signal weiterzumachen. Die Hand, die bisher nur ihre Pussy umfasste, fing jetzt an zu spielen, sie glitt über ihre Falten, schlüpfte tief mit den Fingern in sie hinein, zog wieder heraus und umkreiste ihren Kitzler. Wieder und wieder. Sie fing an sich hin und her zu winden und voller Bedürftigkeit meine Hand zu reiten. Ich setzte die Kette in Bewegung, damit die Edelsteine schwankten und an ihren Nippeln zogen.

"Ja!" sprach sie erneut und diesmal waren alle Sorgen, alle Zweifel verflogen. Sie hatte sich ganz dem Vergnügen hingegeben, das ich ihrem Körper entlockte.

Ihr Halsband musste Trist ihr Verlangen mitteilen und im Gegenzug konnte sie ohne Zweifel auch sein Verlangen spüren. Er mochte es zwar nicht sagen, aber zuzusehen, wie Miranda von einem anderen berührt wurde, törnte ihn an. Sie war bereit sich mir zu überlassen, weil sie seine Genugtuung spüren konnte. Persönlich konnte er mich vielleicht nicht ausstehen, aber es gefiel ihm, wie ich ihren Körper verwöhnte.

"Du bist soweit, *Gara*," sprach ich, als sie meine Hand mit ihrer Erregung regelrecht ertränkt hatte.

Sie nickte gegen meine Schulter und ich führte sie zum Bett, bis sie direkt davorstand.

"Beug dich vor, *Gara*. Ich werde dich jetzt ficken. Ich werde deiner Pussy meinen Schwanz schenken."

Eifrig stützte sie die Hände aufs Bett, ihr Arsch reckte nach oben. Sie schnappte nach Luft, als die Bewegung ihre Kette in Schwung brachte und ihre Nippel die liebliche Hauptlast davon abbekamen.

Trist schnappte sich den Stuhl, stellte ihn vors Bett und setzte sich breitbeinig hin. Miranda kauerte im Profil vor ihm und er würde jeden Zentimeter von ihr sehen können, während sie durchgenommen wurde.

Ich machte meine Hose auf und holte meinen Schwanz raus. Angezogen war es zwar weniger intim, aber Trist sollte nur unsere Partnerin sehen. Es störte mich zwar nicht, wenn er mich nackt sehen sollte; ich war nicht prüde oder so, jedenfalls nicht, wenn es darum ging unsere Frau zu bedienen, aber jetzt ging es einzig um Miranda.

Götter, es würde *immer* darum gehen, sie zu bedienen.

Ich ließ einen Finger über ihre prallen, rosa Falten gleiten. Sie waren klitschnass und bereit für meinen Schwanz.

Also trat ich an sie heran und nahm sie, mit einem langen Stoß glitt ich in sie hinein, bis ich auf Grund stieß.

"Brax!" schrie sie, als ihre inneren Wände sich zusammenzogen.

"*Fark*," knurrte ich und genoss das heiße, feuchte Gefühl, als sie praktisch meinen Schwanz erdrosselte. Fünf Wochen waren vergangen und ich hatte es vermisst. Ich hatte sie vermisst.

Ich packte ihre Hüften und nahm sie. Feste.

Aus dem Augenwinkel konnte ich sehen, wie Trist

seine Hose öffnete, seinen Schwanz rausholte und ihn streichelte.

“Ja!” brüllte Miranda. Seine auflodernde Lust traf offensichtlich auch sie.

Ihre Brüste wackelten mit jedem meiner Hüftstöße, die Kette war ständig in Bewegung. Verdammt, sah sie gut an ihr aus. Ich konnte es kaum erwarten, bis sie an echten Nippelringen angebracht war und nicht an Klammern. Bis dahin würde sie wissen, wie es sich anfühlte, ich würde wissen, wie es aussah und Trist würde entdecken, dass seine Partnerin mehr brauchte. So viel mehr, als ein starrer Prillone ihr je bieten könnte.

“Ich komme,” stöhnte sie, ehe ihre Wände sich um mich herum kräuselten.

Ich konnte mich keine Sekunde länger zurückhalten, als ihr straffer Sog mir die Wichse aus den Eiern zog. Ich stieß energisch in sie hinein, packte zu und füllte sie.

Als mein Hirn wieder funktionierte und ich von der Wucht des Orgasmus nicht länger erblindet war, blickte ich zu Trist. Sein Blick war auf Miranda fixiert, die sich völlig außer Atem ans Bett krallte, weil sie sonst gefühlt in den Weltraum abdriften würde.

Ich zog heraus und sah voller Stolz zu, wie mein Samen aus ihr raus sickerte.

Miranda blieb nach vorne gebeugt, jedoch packte ich sie an der Taille und half ihr sich aufzurichten.

Ich küsste ihre Ohrmuschel, dann flüsterte ich: “*Gara*, dein Partner braucht dich.”

Ich beobachtete, wie ihre Augen aufflatterten und sie zu Trist blickte. Ihre Hand befühlte ihr Halsband, als ob sie sein Verlangen genauso deutlich wahrnahm, wie sie seinen erigierten Schwanz sehen konnte. Wie ihm der Vorsaft aus der Spitze sickerte.

“Geh zu ihm und gib ihm, was er braucht.”

Sie machte einen Schritt in seine Richtung und ich

klatschte ihr auf den Arsch. Sie riss den Kopf herum und warf mir einen verwirrten Blick zu an. Ich kniff die Augen zusammen und verschränkte die Arme. Ich wartete. Oh, sicher sah ich mit meinem nassen, immer noch harten und willigen Schwanz nicht besonders streng aus.

“Ja, Master,” flüsterte sie und ein zartes Lächeln huschte über ihre Lippen.

Mein Schwanz war sofort wieder einsatzbereit, denn diese Worte von ihren Lippen waren wohl das, was auf einem Schlachtschiff dem Himmel am nächsten kam.

* * *

Trist

Scheiße, es hatte ihr gefallen. Nein, sie *liebte* es. Die Halsbänder verrieten es. Genau wie der Ausdruck auf ihrem Gesicht, die Art, wie ihr Körper sich entspannte, als sie sich so wunderbar Brax hingegeben hatte.

Sie hatte sich zwar mir unterworfen und daran bestand überhaupt kein Zweifel, aber das hier war anders. Es war, als ob sie eine zweite, mir unbekannte Seite hatte und diese Seite reagierte auf Brax auf eine Art und Weise, die ich ihr niemals hätte entlocken können. Das war es, was ich von einem Zweitpartner erwartete.

Aber dieser Trionische Arzt? Der Mann, der meine Partnerin so verletzt hatte? Ich hatte ihren Kummer wahrgenommen, allerdings war mir erst bei seiner Ankunft bewusst geworden, dass es seinetwegen war. Dann hatte ich verstanden. Sie wollte ihn, aber er hatte abgelehnt.

Sein Verlust war definitiv mein Gewinn, aber hatte ich sie vollständig für mich gewonnen? Sie war seit weniger als zwei Tagen bei mir. Oh, sie gehörte mir. Daran bestand kein Zweifel. Aber gehörte sie ebenso zu ihm?

Er mochte wissen, was sie geil machte und was sie kommen ließ, kannte verborgene Geheimnisse und dunkle Fantasien, die sie mit mir zusammen nicht ausleben wollte.

Aber das machte aus ihm noch keinen würdigen Partner. Ich bezweifelte, dass er als mein Zweiter geeignet war, denn ein Zweiter war standhaft. Er war seiner Familie treu ergeben. Seine Partnerin ging ihm über alles, sie war ihm wichtiger als sein Job.

Würde er das hinbekommen? Konnte er das hinbekommen?

Die Antwort darauf wusste ich nicht. Eine Runde ficken und nichts war gelöst. Ich hatte so viel über Miranda erfahren, über ihre Bedürfnisse, aber sonst nichts.

Brax—sein Samen lief jetzt an ihren Schenkeln runter—würde sich mehr verdienen müssen als nur den Titel *Master*. Er würde sich die Auszeichnung *Zweiter* verdienen müssen.

Miranda stellte sich zwischen meine geöffneten Beine und wartete. Ich betrachtete jeden Zentimeter von ihr und streichelte weiter meinen Schwanz. Ich hatte es mir auf meinem Stuhl gemütlich gemacht und genüsslich dabei zugesehen, wie Miranda gefickt wurde. Sie so zufrieden zu sehen war äußerst erregend und ihre Lust, die durch das Halsband zu mir durchdrang, bewirkte nur, dass ich mich fester wichsen und meinen Samen in hohem Bogen auf den Fußboden spritzen wollte. Aber nein, er war für sie und für ihre Pussy bestimmt, also umpackte ich fest meinen Schaft, zügelte mein Verlangen und schaute sie einfach nur an.

Diese Juwelen an ihren Nippel, die hübschen rosa Spitzen und das leuchtende Grün; der Anblick war einfach nur köstlich. Und das Grün … es machte etwas mit mir.

Die sanft schwingende Kette war nur zur Zierde da, aber sie sah wirklich hübsch damit aus. Dem Halsband nach fühlte sie sich auch hübsch. Es war eine Art Fessel und ich fragte mich, ob sie sich gerne ans Bett fesseln ließ und sich ihrem Partner auslieferte.

"Trist," flüsterte sie und ich blickte ihr in die Augen. "Bitte."

Das war alles, was sie sagen musste. Ich war bereit. Sie war bereit. Ich wusste, dass sie feucht genug war um genommen zu werden. Scheiße, ihre Schenkel waren klitschnass.

Ich ließ meinen Schwanz los, hakte einen Finger in die Kette und zog sanft, damit sie sich nach vorne beugte. Ich zog nicht wirklich, sondern nutzte es nur als Wegweiser und sie folgte, denn andernfalls würde es schmerzhaft für sie werden.

Ihre Lippen trafen meine für einen flüchtigen, leidenschaftlichen Kuss.

Als ich zurückzog, umpackte ich mit einer Hand ihren Arsch und zog sie auf meinen Schoß.

"Reit mich, Liebling."

Sie wollte sich eilig auf mich setzen, aber ich hielt sie fest.

"Langsam," befahl ich.

Sie atmete schwer und ließ sich auf meinem Schwanz nieder, ihre Schenkel ruhten auf meinen. Ich steckte so tief in ihr drin, dass ich nicht mehr sagen konnte, wo sie aufhörte und wo ich anfing.

Ihre Hände landeten auf meinen Schultern und sie begann sich zu bewegen, sich nach oben zu heben.

"Nein," sprach ich.

"Trist …"

"Wer hat das Sagen, Liebling?"

Sie schluckte und ihre dunklen Augen blickten auf meinen Mund.

Ich lehnte mich vorwärts und küsste sie, gab ihr, was sie wollte. Zumindest teilweise.

"Du," flüsterte sie, als ich meinen Kopf wieder an die schwarze Stuhllehne presste.

"Aber das hier … mein Schwanz in dir drin reicht dir nicht."

Sie riss die Augen auf und über das Halsband strömten Angst und Schuldgefühle zu mir herüber.

"Du reichst mir. Trist, ich will dich damit nicht verletzen."

Ich war nicht verletzt. Aber die Einsicht war ziemlich herausfordernd.

"Brax hat immer noch einen Steifen. Er will dich. Wo soll er seinen Schwanz reinstecken?" fragte ich sie.

Bei diesen Worten wurde sie noch feuchter und ihre Pussywände ballten sich zusammen. Ja, ich lag richtig.

Meine Hand an ihrer Hüfte wanderte an ihren Arsch, meine Finger tauchten in die Ritze ein und fanden ihren straffen Hintereingang.

Ich hatte noch kein Analtraining mit ihr gemacht. Gestern hatte mein Schwanz vollkommen ausgereicht. Eigentlich hatte ich mir vorgenommen, ihren Arsch mit der Prillonischen Paarungsbox für neue Bräute zu trainieren, besonders für Bräute von anderen Planeten. Aber irgendwie wusste ich, dass das nicht nötig war.

"Sie mag es, wenn an ihrem Arsch herumgespielt wird," sprach Brax.

Über Mirandas nackte Schulter blickte ich zu dem Trionen rüber, der gerade dabei war seinen Schwanz in der Hose zu verstauen.

"Lass ihn draußen. Sie möchte ihn."

Ich blickte zu Miranda, erkannte die Wahrheit auf ihrem Gesicht.

"Hier."

Ich presste meinen Daumen in ihren Arsch und kreiste, dann ließ ich ihn hineinschlüpfen. Ihr Poloch akzeptierte ihn mühelos, sie keuchte aufgeregt und wackelte auf meinem Schoß herum.

Ich ließ sie gewähren, was meinen Daumen nur noch tiefer in sie hinein grub.

Dann spreizte ich die Knie auseinander, bis auch sie weit geöffnet war. Ihre Füße hatten keinen Bodenkontakt und sie hatte kein Gleichgewicht, was ihr keine andere Wahl ließ, als sich an meinen Schultern festzuhalten.

"Du brauchst zwei Partner auf einmal, nicht wahr, Liebling?" fragte ich.

Sie blickte mich an. Nickte. Sie konnte mich nicht anlügen. Nicht nur aufgrund der Halsbänder, sondern weil sie mein Match war.

"Du bist eine Prillonenbraut. Ansonsten wärst du nicht mir zugeordnet worden."

Ich zog meinen Daumen heraus und sie stöhnte.

"Das Gleitgel ist in der Schublade neben dem Bett."

Brax folgte meiner Anweisung, er fand das Fläschchen und schmierte sich großzügig den Schwanz ein. Als er fertig war, nahm er das Fläschchen und ging hinter Miranda in Stellung. Sein Schwanz war immer noch hart. Das war nachvollziehbar, denn meiner war nicht mehr abgeschwollen, seit sie auf das Schlachtschiff transportiert war.

"Bist du soweit, Liebling?"

Sie nickte und Brax fasste um sie herum und umpackte ihre Brust, er hielt sie fest, damit er in sie eindringen konnte. Ich konnte genau spüren, als er in sie hineinpresste und die straffe Öffnung durchbrach. Ich spürte ihn durch die dünne Membran, die uns beide trennte. Spürte es durch die Halsbänder. Sah, wie ihre Augen vor Lust aufflackerten.

"Trist," ächzte sie. Sie wand sich hin und her, konnte aber nirgendwo hin.

Ich spürte ihre Lust, ihre Hitze. Mit meinen Händen auf ihren Hüften hob ich sie fast vollständig von meinem Schwanz. Seit sie sich auf mich gesetzt hatte, hatte ich mich kaum bewegt und ich sehnte mich verzweifelt nach dem Gleitgefühl, nach Reibung.

Brax glitt ebenso weit aus ihr heraus, dann zog ich sie wieder runter. Sie wurde doppelt gefickt, doppelt gefüllt.

Sie warf den Kopf in den Nacken, als wir beide sie nahmen. Lust baute sich auf, wirbelte. Unser Atem vermischte sich, unsere Haut war schweißgebadet. Mit ihr in unserer Mitte fühlten wir uns ganz, fühlten wir uns vollständig. Ich musste kommen, konnte mich kaum noch zurückhalten, aber sie würde zuerst auf ihre Kosten kommen.

Also tat ich die eine Sache, von der ich wusste, dass sie sie abgehen lassen würde; eine Sache, von der ich nie gedacht hätte, dass ich sie je tun würde. Ich langte nach oben und öffnete ihre beiden Nippelklammern.

Sie riss die Augen auf, als wieder Blut in ihre zarten Spitzen strömte. Ich spürte den Schmerz, die Hitze, den feuchten Schwall ihrer Pussy und ich hörte ihren Lustschrei.

Es war einfach zu viel und ich folgte ihr. Brax verkrampfte sich und ächzte, als sein Schwanz sich pulsierend in ihrem Arsch entleerte.

Ich spürte, wie sehr es ihr zwischen mir und Brax gefiel. Er wusste, wie man sie befriedigte, das stand außer Frage.

Aber der Rest? Das würde sich später noch zeigen. Bis dahin würde ich meine Partnerin schlafen lassen, denn ich hatte noch einiges mit ihr vor.

KAPITEL 12

Brax, Schlachtschiff Zakar, Begleitschiff Primanova, Cafeteria – Drei Tage später

Miranda lachte zusammen mit einer Gruppe Prillonischer Kinder, sie bereiteten etwas zu essen zu, und zwar nicht mit der S-Gen-Anlage. Das jüngste Kind, ein kleines Mädchen, war etwa sechs Jahre alt. Der älteste Junge musste elf oder zwölf sein. Er trug eine Ionenpistole am Schenkel, ich sagte aber nichts dazu. Ich wusste nicht, ob die Waffe geladen war oder ob es sich um eine Trainingspistole handelte, mit der Kindern der verantwortliche Umgang und die richtige Pflege einer solchen Waffe beigebracht wurde und um dafür zu sorgen, dass er sich daran gewöhnte ständig eine bei sich zu tragen.

Auf Trion gaben wir Kindern keine Waffen in die Finger. Allerdings befanden wir uns hier im Kriegsgebiet und er war ein Prillone, der selbst in seinem jungen Alter fast schon so groß war wie Miranda. Er schien die Aufmerksamkeit der neuen Lady Treva genauso zu genießen wie der Rest von ihnen. Ich konnte es dem Jungen nicht übelnehmen, denn ich war genauso verzaubert von ihr.

Ich hatte nicht geahnt, wie viel Ehre, Bewunderung und Verantwortung den Frauen dieser glücklichen Krieger bei ihrer Ankunft im Weltraum entgegengebracht und übertragen wurde. Es war ein gefährlicher Ort mit ständigen Spannungen, möglichen Gefahren, drohenden Kämpfen. Potenziellem Tod. Kommandant Zakar hatte mich persönlich davor gewarnt eine Dame der Kampfgruppe zu missachten—, weil es mein Leben in Gefahr bringen würde. Sie gaben sich nicht nur ihren Partnern hin—und bei einem Prillonischen Match mussten sie sich mit zwei herrischen Alphatypen auseinandersetzen—, sondern sie dienten auch den Leuten in der Kampfgruppe. Groß, Klein, Jung und Alt, sie alle strebten nach der Aufmerksamkeit der Ladys.

Nicht, dass ich die Warnung von Zakar nötig gehabt hätte. Ich war Trione, kein Vollidiot. Ich war kein Typ, der Frauen missachtete, aber die soziale Struktur innerhalb einer Kampfgruppe war faszinierend. Die Krieger kümmerten sich um alle militärischen Angelegenheiten und ihre Partnerinnen waren ihnen auf ziviler Seite ebenbürtig. Aber sobald es um häusliche Streitereien, Wohnsituationen oder Dinge des alltäglichen Lebens ging, übertraf Lady Zakar ihren Partner—immerhin Kommandant einer ganzen Kampfgruppe—in seiner Entscheidungsmacht. Und die Kinder vergötterten die Ladys, sie verehrten sie wie mystische Wesen und sehnten sich nach ihrer Aufmerksamkeit.

Das alles hatte ich natürlich schon in meiner Schulzeit gelesen, als wir die anderen Planeten und ihre Kulturen durchgenommen hatten, aber das Ganze in Echt zu erleben war noch mal etwas völlig anderes. Zuzusehen, wie Miranda vor Freude regelrecht aufblühte, war in der

Tat ernüchternd. Auf Trion hätte ich ihr das hier nicht bieten können. Es bewies, wie unvollständig ihr Leben bei mir gewesen wäre. Dass sie womöglich recht hatte, als sie mich verlassen hatte, um sich testen zu lassen. Die Kinder um sie herum hatten Glück; ich allerdings auch.

Ich würde die Sonne, den Sand und die frische Brise in meinem Gesicht vermissen, die nur auf Trion zu finden war. Wenn ich aber Miranda haben könnte, dann würde ich lernen auch ohne zu leben. Es würde mir nicht einmal schwerfallen, wenn ich dafür Mirandas lächelndes Gesicht sehen könnte. Wenn ich ihr Lachen und ihr lustvolles Stöhnen hören könnte, ihre enge Pussy um meinen Schwanz herum spüren und zusehen könnte, wie sie ihren anderen Partner beglückte. Sogar jetzt wurde ich vor Verlangen nach ihr steif. Doch selbst mit dem Wissen, dass ich jede Nacht in ihrer lieblichen Hitze versinken konnte, erforderte das Leben im Weltraum mehr Anpassung, als ich erwartet hätte.

Wem zum Teufel hatte ich etwas vorgemacht? Ich hatte törichterweise gedacht, dass ich einfach hier auftauchen, sie von ihrem Idioten von einem Partner, mit dem sie auch noch gematcht wurde, stehlen und wieder nach Trion zurücktransportieren könnte. Ich hatte gedacht, dass ich sie ihrem neuen Partner entreißen könnte, und zwar ohne Opfer zu bringen.

Seufzend fuhr ich mir mit der Hand übers Gesicht. Ich war ein Dummkopf gewesen. Mehr als nur dumm. Eigensinnig. Idiotisch. Götter, ich hatte sie nicht verdient. Trist hatte recht. Solange ich immer nur zuerst an mich dachte, verdiente ich es nicht, ihr Partner zu sein. Ich konnte sie allerdings auch nicht einfach aufgeben. Das würde ich nicht. Ganz egal, welchen Preis mein Stolz, mein Ego oder selbst mein Leben dafür zahlen müsste, sie würde mir gehören. Ich würde sie mit einem großen Prillonischen Krieger teilen, der zu allen außer Miranda barsch und streng war. Mit ihr war er anders. Er war … irgendwie mehr. Ihm war klar, dass eine Partnerin Opfer und Zugeständnisse erforderte. Einen Wandel.

Ich verstand es auch. Jetzt. Und das machte mich zu einem Vollidioten. Aber ich versuchte es wenigstens.

Genau in diesem Moment musste Miranda laut lachen, als das kleine Prillonische Mädchen es irgendwie geschafft hatte mit dem seltsamen weißen Pulver, das sie *Mehl* nannte und mit dem auf der Erde Süßspeisen hergestellt wurden, eine Wolke zu bilden. Das Mehl schwebte in der Luft und legte sich dann auf ihren Kopf. Sie hatte hübsches kupferfarbenes Haar und das weiße Pulver ließ sie tatsächlich ziemlich albern aussehen. Ich musste ebenfalls lächeln.

Die ganze Gruppe lachte, als Miranda den kleinen Racker umarmte. Alle waren jetzt mit Mehl bestäubt, jedoch schienen sie sich nicht daran zu stören. Ihr dunkelgrünes Kleid war mit dem Zeug regelrecht überzogen und beschmiert, besonders an der Rundung ihrer Brüste unter dem enganliegenden Stoff. Dieses Grün war Trists Farbe. Trists Markierung. Es schien eine grausame Ironie zu sein, dass die Juwelen an dem Schmuck, den ich für sie entworfen hatte, dieselbe Farbe hatten. Ich stellte mir vor, wie mein Schmuck von diesen runden Nippeln hängen würde, sobald sie mit echten Ringen durchstochen waren, wie das Goldmedaillon an einer dünnen Kette zwischen ihnen hängen und an ihren Nippeln zerren würde, sodass sie ständig erregt wurde. Mein Schwanz wurde noch härter, als ich sie vor Glück strahlen sah, als sie eine Zufriedenheit versprühte, die ich nie an ihr gesehen hatte.

Das Mehl war nebensächlich. Genau wie die restlichen Zutaten für dieses Cookies, die Roark bereits auf Trion erwähnt hatte. Miranda liebte es zu *backen*, also essbare Speisen von Hand herzustellen. Ich war vollkommen zufrieden mit der S-Gen-Anlage und hatte noch nie zuvor Mehl, Butter oder Eier gesehen, aber diesen Kindern das *Backen* beizubringen machte meine Partnerin … nein, *Trists Partnerin* offensichtlich überaus glücklich.

Ich dachte an das Glücksschwein. Trist vergötterte Miranda regelrecht und noch nie in meinem Leben war ich so neidisch auf einen anderen Mann gewesen. Wir drei waren gemeinsam auf dieses Begleitschiff transportiert. Trist hatte ein Meeting mit der Crew und Miranda wollte er dabei nicht zurücklassen.

Ich war ausnahmsweise derselben Meinung gewesen, denn ich wollte ihr ebenso wenig von der Seite weichen. Also war ich mitgekommen. Auf keinen Fall hätte ich die beiden alleine losziehen lassen. Wenn ich Mirandas Herz zumindest teilweise für mich erobern wollte, dann würde ich bei ihr bleiben und mich nicht auf dem Hauptschiff herumdrücken.

Auch er beobachtete unsere Partnerin. Ja, sie *gehörte* mir, bei den Göttern verdammt nochmal. Er war von seinem Crew-Meeting zurückgekehrt und stand jetzt mit verschränkten Armen bei der Tür; mit einem Ausdruck auf dem Gesicht, den ich nur allzu gut kannte. Als sie mir gehört hatte, hatte ich mich genauso gefühlt. Oder zumindest, als sie auf Trion mein Bett geteilt hatte. Ich war zufrieden gewesen. Voller Verlangen und besitzergreifenden Trieben und dem Bedürfnis, sie zu beschützen.

Selbst hier auf einem Begleitschiff sorgte ich mich um ihre Sicherheit. Trist machte sich ebenfalls Sorgen und ich brauchte kein Halsband, um es zu spüren. Es schien, als ob auch ihr Besuch auf dem Schiff einen wichtigen Zweck erfüllte, es ging darum, die Besatzungen aller Schiffe zu treffen, da sie jetzt sozusagen die Stellvertreterin von Lady Zakar war.

Was für eine Verantwortung und doch genoss sie das Ganze, sie veranstaltete ein heiles Durcheinander und hatte ihren Spaß. Ich saß in diesem Raum und beobachtete, wie die Frau, die mir mehr als alles bedeutete, vergnügt ihr neues Leben und ihre neue Rolle als die wichtige und einflussreiche Lady Treval austestete. Ich starrte auf das schwarze Halsband um ihren Nacken und mir war klar, dass es schon bald grün werden würde. Ihr blieben zwar fast noch drei Wochen Zeit, um sich für Trist zu entscheiden, aber ich wusste, dass sie nicht so lange brauchen würde. Sie war sich sicher über das Match. Sie war verliebt …, und zwar nicht in mich. Nicht mehr. Ich hatte es vermasselt.

Mit der Art, wie sie zu Trist aufblickte, voller Liebe und kribbelndem Verlangen, wurde mir das Ausmaß meines Fehlers zum ersten Mal bewusst.

Trist hatte keine Geheimnisse vor ihr. Er versteckte weder seine Begierde, seine Gefühle, noch seinen Beschützerdrang ihr gegenüber. Während ich ein Feigling gewesen war, so zeigte er unverhohlen seine Gefühle und machte vor den Augen des Universums seinen Anspruch auf sie geltend. Und aufgrund ihrer Halsbänder konnte er auch nichts vor ihr verheimlichen, selbst wenn er es wollte. Wenn ihr irgendjemand in der Flotte gefährlich werden sollte, dann würde Trist ihn ohne zu zögern in Stücke reißen, daran bestand kein Zweifel. Und sie wusste das ebenfalls.

Selbst mir war klar, wie viel sie ihm bedeutete. Alles. Verdammt nochmal alles. Sie war sein Mond und Sterne und sein Daseinsgrund.

Wenn sie und ich während der Zeit unseres … *unverbindlichen Arrangements* Halsbänder getragen hätten, dann wäre das Ganze wohl anders ausgegangen. Sie hätte meine Gefühle für sie gespürt, auch wenn ich sie nicht zulassen wollte. Aber ich Vollidiot hatte meine Gefühle vor ihr versteckt, als sie noch in meinen Armen gelegen hatte, in meinem Bett. Ich hatte meine wahren Absichten verdrängt. Ich war egoistisch gewesen, hatte meine mangelnde Aufrichtigkeit gerechtfertigt, indem ich mich selber davon überzeugt hatte, dass ich es *ihretwegen* getan hatte, obwohl ich in Wahrheit nur die einfachste Lösung für mich wollte. Ich wollte sie nicht noch einmal verlassen. Ich wollte sie nicht weinen sehen. Ich wollte nicht mit dem Gedanken leben, dass sie sich meinetwegen Sorgen machte oder mich vermisste oder mich brauchte, wenn ich nicht für sie da war. Ich hatte meine Mission zu meiner Priorität gemacht und meine Schwäche hinten angestellt.

Aber, wäre sie mit mir glücklich gewesen? Wäre sie erfüllt gewesen? Der Bräutetest hatte eindeutig gezeigt, dass sie mehr wollte, als ich ihr bieten konnte. Sie wollte die Verlässlichkeit und klare Struktur eines Prillonen. Sie wollte zwei Partner. Trist war definitiv einer davon und ich wollte der zweite werden.

Miranda war das Letzte auf meiner bescheuerten Prioritätenliste gewesen und aus diesem Grund war ich jetzt hier, auf einem Prillonischen Begleitschiff, um mich einem der abgebrühtesten, gemeinsten Bastarde, den ich je getroffen hatte zu beweisen.

Oh, mit ihr war er natürlich ganz anders. Ich hatte genau gesehen, wie sehr er bereit war, sich für seine Frau zu verbiegen.

Aber sobald man jemanden auf dem Schlachtschiff oder in der gesamten Kampfgruppe oder einen beliebigen Krieger fragte—und genau das hatte ich die letzten zwei Tage getan—, wurde mir mitgeteilt, dass Trist der kälteste, durchkalkulierteste, härteste, ehrenwerteste und kampfgestählteste Krieger der gesamten Flotte war.

Was mir gerade noch gefehlt hatte. Ich musste keinen gut gelaunten oder sogar entgegenkommenden Mann überzeugen. Nein, Miranda war jemandem zugesprochen worden, der genauso ein Dreckskerl war wie ich.

Wenn es anders herum gewesen und er derjenige

gewesen wäre, der Miranda das Herz gebrochen hatte, dann hätte ich ihn wahrscheinlich umgebracht.

Meine einzige Rettung war die Art und Weise, mit der Miranda mich anblickte und dass Trist ihre Gefühle für mich spüren konnte, selbst wenn ich es nicht völlig verstand. Seine magischen Halsbänder waren ohne Zweifel der einzige Grund, warum ich noch am Leben war. Miranda hatte immer noch Gefühle für mich, trotz all meiner Versäumnisse. Ich kannte sie. Kannte ihren Körper. Ihr Herz. Sie war sanft und leicht, so süß und unterwürfig. So vertrauensvoll und arglos. Sie brauchte einen knallharten Bastard, um sie zu beschützen—sowohl körperlich als auch mental.

Eine Zeit lang war ich dieser knallharte Bastard gewesen. Und ich hatte versagt.

Trists Charakterstärke, sein dominantes Wesen war wenig überraschend. Er war verdammt nochmal wie geschaffen für sie. Und wenn ich ehrlich war—ein neuer Eid, den ich mir nach meiner ersten einsamen Nacht geschworen hatte—, bewunderte ich ihn. Er *war* gut für sie. Er würde sie nie enttäuschen, sie nie hintergehen.

Aber nachdem wir sie gemeinsam genommen hatten, hatte Trist mir nicht mehr gestattet, sie anzurühren. In dieser Nacht hatten wir sie viele Male genommen, manchmal hatten wir sie gleichzeitig berührt, andere Male hatten wir sie einzeln gefickt, sodass der andere zusehen konnte. Er hatte gesagt, ich hätte zwar bewiesen, dass ich sie befriedigen konnte, aber dass ich noch nicht gezeigt hatte, dass ich sie auch beschützen konnte. Ich war Trione. Klein. Schwach. Selbst als Geheimdienstmitarbeiter und Arzt musste ich mich *ihm* beweisen; nicht als Lover für Miranda, sonders als würdiger Zweiter. Jemand mit Ehrgefühl. Jemand, der sie beschützen und glücklich machen konnte und das nicht nur im Schlafzimmer, sondern außerhalb davon.

Und das würde verdammt nochmal sehr viel schwieriger werden, als Miranda im Bett zum Winseln zu bringen und um mehr betteln zu lassen. Seit dieser einen Nacht hatte er mich zurück in mein Quartier verdammt. Ich schlief alleine, während er sie nachts in den Armen hielt und Liebe mit ihr machte.

Zwar stolzierten auch andere Prillonische Männer vor ihr herum, verneigten sich, küssten ihr die Hand und boten ihr vor Trists Augen ihren Schutz an, aber er war auf keines der Angebote eingegangen. Noch nicht.

Aber das konnte er. Jeder von denen könnte sie mir jederzeit wegnehmen. Für immer.

Fark. Fark. Fark.

Vielleicht könnte ich Trist einfach zum Duell herausfordern.

Gerade als mein Blut beim Gedanken an eine Zurückweisung zu brodeln begann, erwischte ich Miranda dabei, wie sie ihm in die Augen blickte und ich seufzte. Sie liebte diesen Mistkerl. Ich kannte diesen Blick. Hin und wieder hatte sie mich nämlich auch so angeschaut.

Ich war mal wieder egoistisch. Mit Trist zu kämpfen würde ihr wehtun. Und der andere, sogar noch verstörendere Gedanke, der mir seit unserer nächtlichen Eskapade durch den Kopf gegangen war? Sie war Prillon Prime zugeordnet worden. In dieser Nacht, als sie in unserer Mitte gesteckt hatte, war sie in eine Million Teile zersprungen. Sie *benötigte* zwei Partner, um wirklich glücklich zu sein. Zwei Partner, um sie zu behüten, zu beschützen und sie zu lieben. Was bedeutete, dass ich mich entweder damit abfinden oder sie aufgeben musste.

Und *dazu* würde es verdammt nochmal nicht kommen.

Die Kinder formten jetzt kleine Runde Kugeln und legte sie auf winzige Metallbleche. Hinter ihnen auf dem

Tisch standen vier kleine Geräte, die Miranda als *Tischbackofen* bezeichnete. Vorsichtig—die kleinen Maschinen waren alles andere als harmlos— schoben sie die Bleche hinein und Miranda gab die Anweisung, einen runden Knopf an der Vorderseite zu drehen, um eine Zeit festzulegen.

Ich hatte keine Ahnung davon, aber sie hatte versucht mir zu erklären, dass die kleine Box das Mehlgemisch aufheizen und dann austrocknen würde und dass dann das hellgelbe Zeug, das sie *Cookies* nannte, essfertig sein würde.

Warum fügte man überhaupt erst Flüssigkeit hinzu, wenn das Mehl trocken sein sollte, um es zu essen?

Ich verstand es nicht, aber sie war glücklich und niemand verbrannte sich an den Feuerfallen die Finger, also saß ich einfach da, sah ihnen zu und stellte sicher, dass sie in Sicherheit war. Das war schließlich mein Job als potenzieller Zweiter, oder? Und während ich alleine schlafen musste, war mir klar geworden, wie sehr ich doch mit ihr zusammen sein wollte, ganz egal, ob als Primärpartner, Zweiter oder Zehnter. Sie gehörte mir und ich war fest entschlossen, meine Fehler wieder gutzumachen und ihr Vertrauen zurückzugewinnen, selbst wenn es den Rest meines Lebens dauern würde.

Die Kinder waren gerade mit dem Händewaschen fertig, als plötzlich ein Alarm ertönte.

Miranda erstarrte und blickte sofort zu Trist rüber. "Was ist das?"

Er blickte zu mir und ich trat näher an Miranda und die Kinder heran, sodass ich zwischen ihnen und der Tür stand. Ich kannte dieses Geräusch. Es wurde universell in der gesamten Koalitionsflotte eingesetzt. Das war ein Gefechtsalarm. Blieb nur noch die Frage, warum ausgerechnet hier und jetzt.

Trist ging vor der Eingangstür in Position und betätigte das Kommunikationsgerät an seinem Arm. "Trist hier. Berichten sie."

Nichts als Rauschen war zu hören und er zückte seine Ionenpistole. Ich hatte keine, denn Trist hatte—mit großer Freude—betont, dass ich ein Arzt war, kein Krieger.

Scheiß drauf.

Ich spurtete zur S-Gen-Anlage. "Ionenwaffe, Ausführung null-eins-null."

"Autorisierungscode?" Der Computer tönte und Trist wandte sich schockiert zu mir um. Ich ignorierte ihn.

"Hier ist Doktor Valck Brax, Geheimdienst, Freigabelevel null-eins-null, Zugangscode Erde Miranda Doyle."

"Stimme bestätigt. Code korrekt. Biometrischer Scan komplett."

"Brax, was machst du da?" Miranda kam zu mir herüber und rang nervös ihre Hände, als sie zu den Kindern blickte. "Und warum hast du meinen Namen gesagt?"

"Ich beschütze dich." Wie es aussah, waren meine Zugangscodes noch im System der Koalitionsflotte gespeichert und den Göttern sei Dank dafür. Wenn die Hive alle Kommunikationen auf diesem Schiff lahmgelegt hatten und meine Daten nicht bereits im System gespeichert gewesen wären, dann hätte ich jetzt keinen Zugriff auf eine Waffe.

Ich trat auf den schwarzen Scannerblock mit hellgrünen Streifen und wartete. Dieser Teil brannte immer ein bisschen, da der Scan intensiver war als der Normale, der für Kleidermessungen verwendet wurde. Nur wenige wussten, dass die Scanner auch in Transportflächen umfunktioniert werden konnten, aber Trist würde es wissen. Genau wie ich. Und die Waffe, die ich angefordert hatte, ging weit über den Grad eines Doktors hinaus, das

Modell war sonst nur Geheimdienstoperationen oder Schlachtschiffskommandanten vorbehalten.

Was den Zugangscode *Erde Miranda Doyle* anbelangte, so hatte ich diesen seit ihrer Ankunft auf Trion verwendet. Meine Obsession mit ihr war mit der Zeit kein bisschen schwächer geworden. Aber darüber wollte ich nicht reden. Nicht jetzt.

Das hellgrüne Licht der S-Gen-Anlage erlosch. “Scan abgeschlossen. Bitte räumen sie die Transportfläche.”

Ich trat zurück und wartete, bis eine schwarze Spezialwaffe materialisiert wurde. Es handelte sich nicht um eine typische Ionenpistole, denn diese hier konnte einen Feind vollständig ionisieren. Sie fügte nicht einfach nur Verletzungen oder Verbrennungen zu, sondern konnte regelrecht pulverisieren. Diese Dinger waren nur mit oberster Ermächtigungsstufe zugänglich. Nicht einmal Trist hatte so eine. Sie wurden nicht für Gefechte herausgegeben, denn der Geheimdienst wollte sie auf keinen Fall unserem Feind in die Hände spielen.

Ich umpackte den Griff der Waffe und blickte mit hochgezogenen Augenbrauen zu Trist; ein Grinsen konnte ich mir dabei nicht verkneifen. “Also, was hat es mit diesem Alarm auf sich?”

“Du hast mich angelogen, *Doktor*,” sprach er seelenruhig und vorwurfsvoll, trotz heulendem Alarm.

Ich schüttelte den Kopf. “Du hast mich in mein Quartier verbannt und dir nicht mal die Mühe gemacht, dich über meinen Hintergrund zu erkundigen.”

Er kniff die Augen zusammen. “Das klären wir später.”

Der junge Prillone kam an meine Seite und ich wandte mich ihm zu. “Weißt du auch, wie man mit der Pistole umgeht?”

Er sah beleidigt aus, was genau meine Absicht

gewesen war. Besser wütend als ängstlich. “Na klar. Meine Väter haben es mir gezeigt.”

“Gut.” Ich nickte und berührte seine Schulter. “Du nimmst den hinteren Teil und machst dich bereit, falls sie hinter Lady Treval oder den Kindern rein transportieren.”

“Wer? Falls *wer* rein transportiert?” wollte Miranda wissen, als sie zusah, wie der junge Krieger seine kleine Schwester beruhigte und dann hinter ihr und den anderen Kindern in Stellung ging. Der junge Prillone zog seine Pistole aus dem Schenkelholster—es war eindeutig keine Trainingswaffe—, stellte sich mit dem Rücken zu uns und behielt die andere Seite des Raumes im Auge. Guter Junge. Er war gut trainiert.

“Die Hive, Liebling. Erinnerst du dich, als wir auf dem Kommandodeck waren und von verschwundenen Schiffen die Rede war? Ich fürchte, dieses Schiff ist ihr nächstes Ziel.” Trist blickte zu mir und ich richtete meine Aufmerksamkeit wieder auf die Tür.

“Alle Leitungen sind tot?” fragte ich.

“Ja.” Sein finsterer Blick sprach Bände. Wir würden uns hier raus kämpfen müssen.

KAPITEL 13

Miranda

Was zum Teufel war hier los? Ich hatte nie zuvor dieses Geräusch gehört, wusste aber instinktiv, dass es nichts Gutes bedeutete. Brax und Trist waren äußerst angespannt. Die Kinder hatten alles stehen und liegen gelassen und sich still in eine Reihe gestellt. Es erinnerte mich an eine Feueralarmübung in der Grundschule. Aber wir gingen nicht nach draußen. Es gab nämlich kein Draußen.

Und die Feuerwehr war auch nicht unterwegs. Die Hive waren da.

Hier? Auf diesem Schiff? Auf diesem albernen kleinen Schiff, auf dem ich gerade *Kekse* backen wollte? Selbst jetzt lag der Geruch von Vanille und Zimt in der Luft. Diese verfluchten Hive. Sie wollten uns wehtun und sie würden dafür sorgen, dass ich meine Kekse anbrennen ließ. Na gut, vielleicht sollte ich nicht so schnippisch über die Hive daherreden, immerhin waren auch Kinder hier.

"Trist?" sprach ich. "Was soll ich machen?"

"Hab' keine Angst, Miranda." Er stand bei der Tür und blickte mich an und ich spürte etwas, was ich bisher noch nie bei ihm gespürt hatte. Angst. Nicht dass er sterben würde, sondern dass *mir* etwas zustoßen könnte. Wahrscheinlich war er im Moment nicht allzu begeistert darüber, dass ich seine Gedanken und Gefühle kannte, aber es half mir definitiv dabei, die Ruhe zu bewahren und die Lage einzuschätzen. Wenn er uns verteidigen würde, dann musste ich einen klaren Kopf behalten. Ich musste vor den Kindern ruhig bleiben.

"Ich werde nicht zulassen, dass man dir Schaden zufügt, Liebling," gelobte er.

Ich spürte seine Entschlossenheit, seine totale Ergebenheit für mich. Seine Bereitschaft für mich zu sterben. Die Kinder anderer zu beschützen. Das letzte bisschen machte mir höllische Angst. Ich wollte nicht, dass er starb. Er musste leben. Ich hatte ihm noch nicht einmal gesagt, dass ich ihn liebte. Ich hatte noch nicht einmal seinen Anspruch auf mich akzeptiert, mein Halsband war immer noch schwarz. Und Schwarz war *nicht* meine Farbe. Ich liebte ihn. Wirklich. Ich wusste es seit dem Abend, als ich mit ihm und Brax zusammen gewesen war. Ich war mir sogar noch sicherer geworden, als er Brax ins Besucherquartier verbannt und die nächsten beiden Nächte damit verbracht hatte mich zu lieben, meine Grenzen auszutesten und meine dunklen Begierden zu erforschen, die ich bis zu Braxs Ankunft vor ihm versteckt hatte. Meine Nippel stellten sich auf, als ich daran zurückdachte.

Stopp, Nippel, jetzt war *nicht* der passende Zeitpunkt!

Wie sich herausgestellt hatte, liebte Trist es, mich mit

Körper und Seele zu dominieren. Er hatte schnell verstanden, dass ich umso kraftvoller auf ihn reagierte, je herrischer und anspruchsvoller er wurde. Die Halsbänder hatten sich *in diesem Moment* als überaus praktisch erwiesen. Ich liebte Brax immer noch und ein Teil von mir würde ihn immer lieben, aber egal, wie Trist sich auch entscheiden würde, ich würde glücklich damit sein. Mich ihm zu unterwerfen, im und außerhalb des Betts, war genau das, was ich wollte. Wonach ich mich sehnte.

Was ich brauchte.

Und wenn Brax seiner Meinung nach nicht gut genug war, dann würde ich das akzeptieren und einen anderen Krieger in meinem Bett akzeptieren. Trist gehörte mir und ich gehörte ihm. Ich liebte Brax, aber ich würde nicht mein neues Leben und dieses neue Glück opfern, um mit ihm zusammen zu sein. Wenn Brax das nicht akzeptieren konnte, dann liebte er mich auch nicht wirklich. Der Gedanke betrübte mich, aber wenn dieser Bräutetest mich eine Sache gelehrt hatte, dann war es die, dass ich keine Kompromisse eingehen musste. Ich konnte alles haben. Ich verdiente es.

Von einem Partner würde ich nicht weniger als die totale Hingabe akzeptieren. Sogar von einem Zweitpartner. Ich hatte Besseres verdient. Trist hatte diese Einsicht nur bestärkt.

Trist stand genau vor der Tür, sodass ich nichts sehen konnte.

Dann blockierte Brax mir die Sicht auf Trist.

Der Junge, der zuvor noch lachend Kekse gebacken und seine kleine Schwester aufgezogen hatte, stand jetzt mit gezückter Ionenwaffe und in Kampfhaltung hinter uns. Ich hatte es witzig gefunden, dass er eine Pistole bei sich trug, wie ein Revolverheld im Wilden Westen oder ein Kind mit einer Spielzeugpistole, das Erwachsener spielte. Dann war mir klar geworden, dass sie ganz und gar zum *Spiel* da war. Seiner Schwester klebte Mehl im Haar, aber offensichtlich vertraute sie ihrem großen Bruder und er war bereit sie zu beschützen, genau wie Trist mich beschützte. Als er ihr im Vorbeigehen den Kopf getätschelt hatte, hatte sie gelächelt und ihr Händchen in meiner Hand hatte sich sofort entspannt.

Der Junge hatte ihr leise zugeflüstert, aber ich hatte ihn gehört.

“Keine Angst. Ich werde dich beschützen.” Ja, genau wie ich gedacht hatte. Prillonen erzogen ihre Jungen gut.

Ihr Lächeln versprühte nichts als Liebe und vollstes Vertrauen. “Ich weiß.”

Sie stand stoisch und unerschrocken neben mir, während die anderen beiden, jüngeren Kinder sich an meine Seite klammerten, als ob das Ende der Welt bevorstand.

Und Brax? Er hatte wie ein Profi die S-Gen-Anlage bedient und eine schwarze Space-Kanone erschaffen, die noch gemeiner aussah als die, die Trist auf die geschlossene Tür gerichtet hatte. Scheinbar wussten wir doch nicht alles über Brax.

“Versuch es nochmal mit einem Anruf,” sprach Brax.

“Hab’ ich schon. Niemand antwortet,” entgegnete Trist angespannt.

Brax verkrampfte sich, sein Rücken wurde stocksteif. “Die S-Gen ist zu klein, um uns hier raus zu transportieren.”

Ich blickte zu der Maschine rüber, es war dieselbe Maschine, mit der ich auf Trion Eiscreme hergestellt hatte. Sie konnte Leute transportieren? Gütiger Himmel, ich hätte mich aus Versehen nach Rogue 5 transportieren können!

“Wir haben keine Verbindung,” sprach Trist. “Wir

können nicht die Zakar informieren und wir können von hier aus auch keinen Transport initiieren."

Brax brauchte einen Moment um das zu verdauen und ich ebenfalls. Meine Männer gingen davon aus, dass das Schiff gerade angegriffen wurde und wir hatten keine Möglichkeit das Schlachtschiff zu kontaktieren ... oder sonst wen. Oder aus der Cafeteria zu transportieren. Diesen Raum zu verlassen ... "Wie lautet dein Befehl?"

Trist beugte sich um Brax herum und blickte erst zu mir, dann zu den Kindern. "Wir rennen zum Shuttle. Kannst du fliegen?"

Brax nickte. "Ja."

"Welche Modelle?"

Brax rasselte eine Reihe von Begriffen runter, die für mich zwar keinerlei Sinn ergaben, die aber Trist zufriedenstellten—und ihn überraschten, wie ich durch die Halsbänder mitbekam—und ich beschloss mich zu beschäftigen. Sonst wäre ich nämlich durchgedreht. Also fing ich an zu putzen, was lächerlich war, immerhin würden wir den Raum jeden Moment verlassen. Aber die Kinder sahen, dass ich unaufgeregt war, dass alles gar nicht so schlimm war und ich erstmal die Vorräte sortierte. Ich wischte sogar so gut wie möglich den Tresen ab, mit den Händen verstand sich. Was für ein Chaos.

Backen war ein heiles Durcheinander.

Ein Geräusch war zu hören und Sekunden später glitt die Tür auf.

Trist trat zurück, zückte seine Waffe ...

Nichts. Der Korridor vor der Tür war leer.

Trist fluchte und feuerte mit seiner Pistole in den scheinbar leeren Raum.

Ich zuckte zusammen und wollte mir die Ohren zuhalten, stattdessen aber sprang ich zu den Mädchen rüber und schlang die Arme um sie herum.

Ein dumpfer Schlag folgte und Trist feuerte wieder und wieder, ins Leere.

Dann kam etwas über den Boden gerollt, es steuerte genau auf Trist zu.

"Runter!" brüllte Trist und warf sich genau auf Ding drauf.

Ich beugte mich nach unten und meine Ohren klingelten, als ein schriller Pfeifton den Raum erfüllte, gefolgt von einem blendenden Lichtblitz.

"Plasmabombe!" Brax fluchte und ging an Trists Flanke in Stellung, er feuerte auf dasselbe Nichts, als mein Partner versuchte wieder auf die Füße zu kommen.

Worauf schossen sie da? Wo war diese Plasmabombe hergekommen?

Brax feuerte erneut und fasste Trists Arm, um ihm aufzuhelfen. Vor der Tür erschien wie aus dem Nichts eine Leiche auf dem Boden. Es war wie Zauberei, im einen Moment war sie noch unsichtbar, im nächsten … da. Die Kreatur hatte das Gesicht eines Prillonen, außer dass sie halb aus dunkler Kupferhaut bestand und zu anderen Hälfte mit hellem, glänzenden Metall überzogen war. Es sah aus wie poliertes Chrom. Sein Körper war mit einer seltsamen, schimmernden Panzerung bedeckt, die ich nie zuvor gesehen hatte, aber es sah fast schon aus wie Glitter. Holografischer Glitter.

Warum wurden wir von einem Prillonen angegriffen? Was war dieses Zeug, das ihn fast vollständig bedeckte?

Ich nahm die Kinder und wir gingen hinter dem Tisch in Deckung. Trist brüllte vor Schmerz. Ich erschauderte, dann geriet ich in Panik, als ich verbranntes Fleisch roch. Seine Qualen stürzten über das Halsband auf mich ein, sodass ich auf die Knie fiel und vor Verzweiflung nach Luft schnappte.

"Trist!" brüllte ich, aber Brax raunte mir zu, ehe Trist antworten konnte.

"Bleib unten!"

Ich duckte die Köpfe der Mädchen runter, aber Trist war verletzt. Nicht schwer genug, um ihn außer Gefecht zu setzen, aber er hatte Schmerzen. Die Plasmabombe hatte ihn definitiv verletzt.

Var, also der junge Prillone neben uns, feuerte jetzt ebenfalls seine Waffe. Er stieß eine Warnung aus: "Hier hinten kommen noch mehr!"

"Geh!" brüllte Trist zu Brax und der Mann, den ich bisher nur als Liebhaber oder Arzt gekannt hatte, hechtete mit der Geschwindigkeit eines Everianischen Jägers durch den Raum, um dem Jungen zur Hilfe zu kommen. Brax feuerte seine Spezialwaffe und wie durch Zauberhand erschien ein toter Körper auf dem Boden. Das waren also die Hive. Das war der Feind, von dem ich gehört hatte, an dessen Existenz ich damals auf der Erde aber nie geglaubt hatte. Warum waren sie unsichtbar? Brax ließ nicht mehr locker und lieferte sich mit mehreren Angreifern ein Ionengefecht. Es war seltsam, ihn ins Leere feuern zu sehen, auf einen unsichtbaren Gegner. Erst als sie tot waren, wurden sie wieder sichtbar. So sah es jedenfalls aus.

Das kleine Mädchen beobachtete ihren Bruder, sie blieb weiterhin unerschrocken. Sie bemerkte, wie ich sie ansah und die Zuversicht in ihren Augen brach mir fast aufs Neue das Herz. "Var wird nicht zulassen, dass sie mir wehtun. Er ist stark, genau wie unsere Väter."

Wie konnte ein so kleines Kind in Zeiten wie diesen so überzeugt und selbstsicher bleiben? Eigentlich sollte ich als Vorbild dienen, aber wie es aussah, war sie jetzt ein Vorbild für mich. Ich strich ihr übers Haar. "Ja, das ist er."

Zwei weitere Schüsse zielten auf Brax. Scheinbar hielten ihn die unsichtbaren Eindringlinge für eine größere Gefahr als den jungen Prillonen. Sie hatten recht.

Aber er konnte sie nicht *sehen*, um zurückzufeuern.

Ich starrte auf das Mehl, das die Haare des jungen Mädchens bedeckte und der Gedanke schlug ein wie eine Plasmabombe.

“Ja!” rief ich euphorisch, als ich plötzlich eine geniale Idee hatte. Trist konnte scheinbar meine Aufregung spüren.

“Bleib unten!” befahl Trist.

Zu spät. Schon war ich auf den Füßen, eine Schüssel voll überschüssigem Mehl in der Hand. Ich wollte verzweifelt etwas ausrichten, also rannte ich um den Tisch herum und schleuderte dabei das Mehl in die Luft. Zuerst zu Brax und Var. Drei Handvoll Mehl bestäubten die Luft wie Feenstaub und die unsichtbaren Gegner wurden zu weiß beschichteten Gespenstern.

“Genial, Liebling!” rief Brax, während er und Var die Eindringlinge mit ein paar präzisen Schüssen ausschalteten.

Ich drehte mich zu Trist um und wollte sehen, ob er Hilfe brauchte seine unsichtbaren Gegenspieler auszumachen, aber zu seinen Füßen lagen bereits zwei Leichen. Den dritten Eindringling konnte ich nicht sehen, aber er rang gerade mit Trist im Nahkampf. Es war absolut schräg, Trist sah aus wie von einem Dämonen besessen, er rangelte, trat, boxte und feuerte … ins Leere.

Schluss mit dem Scheiß.

Ich rannte so nah wie möglich an die beiden heran und warf mehr Mehl in die Richtung, in der Trists Angreifer sich logischerweise aufhalten musste. Eine Handvoll. Zwei.

Der unsichtbare Feind wurde weiß. Er war riesig und er war kein Prillone.

Brax sah ihn ebenfalls. Er riss die Augen auf. “Verdammt, ein integrierter Atlane. Die Götter mögen uns beistehen.”

Er feuerte auf Trists Angreifer und schob mich jetzt, als er den Feind sehen konnte hinter seinen Rücken. Wieder und wieder traf das Kanonenfeuer den riesengroßen Hive-Soldaten. Ich fürchtete, Brax könnte Trist versehentlich erwischen und konnte einfach nicht den Blick abwenden. Es ging um Leben und Tod. "Töte ihn!" rief Trist. Mit unvorstellbarer Kraft hob er den Hive von den Füßen und schleuderte ihn mehrere Meter weit weg.

Als die beiden schließlich getrennt waren, ballerten Brax und Var ohne Unterlass drauf los.

Als die Bestie regungslos am Boden lag, stellten sie das Feuer ein und blickten beide zu Trist rüber, der gerade völlig außer Atem zurück zur Wand taumelte und erschöpft die Schultern hängen ließ.

Trist starrte auf den enormen Atlanen, der blutend und erledigt am Boden lag. Nie in meinem Leben hatte ich etwas derartig Tragisches gesehen und mir kamen die Tränen, als mich fragte, ob der Riese wohl wieder aufstehen würde. Um weiterzukämpfen.

"Neun von uns sind hier." Der Atlane hievte sich zum Sitzen auf und wandte sich zu Brax um. "Tu es. Beende diese Folter."

Oh Gott. Jetzt fiel es mir wieder ein. Ich hatte davon gehört, was die Hive mit den gefangenen Koalitionskämpfern anstellten. Sie integrierten sie, manche von ihnen mehr als andere und verwandelten sie in Kampfmaschinen, damit sie dann die angriffen, mit denen sie zuvor gedient hatten. Dieser Atlane war scheinbar nicht vollständig integriert worden. Ihm war bewusst, dass er zum Feind geworden war, dass er verloren war. Ohne Aussicht auf Rettung. Der Tod war die einzige Erlösung von dem Gefängnis, das die Integrationen aus seinem Körper gemacht hatten.

Er wollte nicht gegen uns kämpfen. Er wusste, dass er einer von uns gewesen war und nie mehr zurückkonnte.

Gott, es war grauenhaft. Ich kämpfte mit den Tränen, als Brax weiter auf den Atlanen zielte und oben eine Einstellung änderte. Dann wandte Brax sich an den einzig verbleibenden Hive-Soldaten. “Stirb in Ehren, Bruder.”

Der Atlane senkte den Blick und schloss erleichtert die Augen. “Danke.”

Brax verneigte sich leicht und feuerte. Der Atlane erleuchtete so grell, dass ich den Blick abwenden musste. Als ich mich wieder umdrehte, war nur noch grauer Staub von ihm übrig. Ich schluckte, dann lächelte ich den Mädchen zu.

“Noch drei.” Trist schnitt durch die Stille, dann rutschte seine kräftige Gestalt an der Wand hinunter, bis er mit einem dumpfen Schlag auf dem Hintern landete. Als ob er sich nicht länger zusammenreißen konnte, traf mich plötzlich die geballte Wucht seiner Agonie. Als ob er dabei war ohnmächtig zu werden.

“Trist.” Ich eilte an seine Seite. “Trist. Oh Gott. Du bist verletzt.” Das war er. Seine Brust und Schultern waren ein blutig nässendes Durcheinander, als ob er angezündet worden war. Blut strömte langsam aus seinem Bein. Ich war zwar kein Arzt, aber mir war klar, dass er eine durchtrennte Ader oder vielleicht sogar eine durchtrennte Arterie haben musste. Hatte ich nicht im Erste-Hilfe-Kurs gelernt, dass offene Arterien spritzen? Sein Blut spritzte nicht. Trotzdem, Gott, er war halb tot.

Brax kam dazu und schob Trist auf den Rücken. Dann wandte er sich an Var. “Pass auf die Tür auf. Zähl bis drei und feuer. Halt den Korridor frei.”

“Ja, Sir.” Var ging in Position und ich war völlig perplex, als seine Schwester mit einer Schüssel Mehl in der Hand zu ihm rüberrannte. Sie versteckte sich hinterm Türrahmen und schleuderte blind Hände voller Mehl in den Korridor, um ihrem Bruder zu helfen.

Diese Kids waren echt krass.

Brax schob mich sanft zur Seite und zog sich sein grünes Arztgewand über den Kopf. Er benutzte den Stoff als Druckverband und zog und zerrte ihn so lange oberhalb der Wunde um Trists Oberschenkel herum, bis Trist protestierend aufstöhnte, aber wenigstens hatte sich die Blutung zu einem Rinnsal abgeschwächt. “Miranda wird böse sein, wenn du stirbst, also reiß dich besser zusammen, Captain.”

Brax benutzte denselben kommandieren Tonfall, den Trist normalerweise von sich gab.

Trist schmunzelte tatsächlich darüber, aber ich war viel zu gestresst, um mich darüber zu freuen. Mir war klar, dass wir ein Shuttle erreichen mussten, um Trists Leben zu retten. Und dem halb integrierten Atlanen nach gab es noch drei dieser … *Kreaturen* auf dem Schiff.

Ich entnahm Trist die Waffe aus seiner schlaffen Hand und zielte damit auf einen Stuhl. “Brax, zeig mir, wie man damit schießt.”

“Nein.” Trist wollte protestieren, aber ich ignorierte ihn. “Sofort, Brax, oder ich werde keinem von euch verzeihen.”

Brax zögerte und blickte fragend zu Trist rüber. Darauf legte Trist seine zitternden Hände auf meine und krümmte sanft seine Finger, bis ich die Waffe in der richtigen Position hielt. “Ziele, Liebling und wenn du soweit bist, musst du hier abdrücken.”

Es war nicht genau wie der Abzug einer Handfeuerwaffe auf der Erde, aber es war so ähnlich. Ich zielte und ballerte den blöden Stuhl von den Beinen. Gut. Wenn eines dieser Dinger glaubte, es würde mir einen meiner Partner nehmen können, dann sollte es sich auf etwas gefasst machen. Und sie sollten es sich besser zweimal überlegen, ehe sie sich mit irgendwelchen Kindern anlegten.

Voller Zuversicht wandte ich mich Brax zu. “Lass uns gehen. Wir müssen Trist hier rausbekommen.”

“Einverstanden.” Brax wirkte düster, aber nicht verängstigt und das machte mir Hoffnung, dass wir dieses Chaos überleben würden. Ich wusste, dass er mehr war als nur ein Arzt, aber darüber hatte ich mit Trist nicht geredet, als wir alleine gewesen waren. Ich war viel zu sehr mit … *anderen* Dingen beschäftigt gewesen, als über Braxs Geheimmissionen zu reden—Missionen, von denen ich technisch betrachtet auch nichts wusste.

Missionen, für die ich jetzt mehr als dankbar war, denn er wusste, wie man eine Waffe handhabte—eine dicke Kanone wie eine Haubitze—und er konnte uns außerdem von diesem Schiff fliegen. Scheinbar konnte er so ziemlich jeden Apparat der Koalitionsflotte steuern.

Brax schien einfach eine Überraschung nach der anderen auf Lager zu haben.

Aber da war ein Problem. Trist gehörte mir und ich würde ihn niemals verlassen. “Kannst du ihn tragen?”

Trist setzte zum Protest an, aber sowohl Brax als auch ich ignorierten ihn diesmal. “Aber ja doch,” entgegnete Brax. Ich seufzte vor Erleichterung.

“Gut. Dann lasst uns von hier verschwinden.”

Ich half den verbleibenden drei Kindern sich mit kleinen Schüsseln voller Mehl auszurüsten und Brax hievte Trist in einer alternativen Version einer Feuerwehrtrage huckepack auf die Schultern.

Trist dämmerte langsam weg und rief meinen Namen. Ich versuchte die Ruhe zu bewahren und konzentrierte mich darauf, wie sehr ich ihn liebte und wie glücklich er mich machte. Ich musste stark bleiben, also dachte ich nur positive Gedanken. Jetzt war ich an der Reihe ihn zu beschützen, auch wenn das nur bedeutete, dass ich ihn durch unsere Halsbänder beruhigen würde.

“Lasst uns gehen.” Brax wandte sich an Var. “Ich

gehe voran. Lady Treval kommt hinter mir. Dann die Kinder. Du hältst uns den Rücken frei."

"Ja, Sir." Var gab keine Widerworte. Dieser kleine Krieger hatte eine verdammte Medaille verdient. Und als Lady Treval, vorausgesetzt wir würden überleben, würde ich persönlich bei Kommandant Zakar vorsprechen, damit er die auch bekam. Und die Mädchen auch.

KAPITEL 14

Trist, Schlachtschiff Zakar

Ich hätte nie gedacht, dass mich einmal ein Trione über den Buckel werfen würde, um mir im Gefecht den Arsch zu retten. Alles tat mir weh, aber keine Stelle war sonderlich schmerzhafter als die andere. Brax war dabei, mich zur Krankenstation zu schleppen und mein ramponierter Körper wurde durchgerüttelt, bis mir die Luft wegblieb. Der Schmerz war nicht mehr so schlimm, wie im Moment, als ich von der Plasmabombe getroffen wurde, aber nur, weil meine Haut weggebrannt war und ohne Zweifel die Nerven tot waren. Schwarze Punkte füllten mein Blickfeld, wenn ich auf den Boden oder auf Braxs Arsch blickte und fast wäre ich ohnmächtig geworden. Ich spürte das Blut an meinem Bein herunterlaufen. Es fühlte sich warm an auf meiner kalten Haut. Ich lag im Sterben. Als Krieger war ich bereit ins Jenseits zu gehen.

Aber nicht jetzt. Nicht heute. Ich war noch nicht soweit. Als Primärpartner hätte ich Miranda beschützen müssen. Ich musste ihr den Zweitpartner geben, den sie verdient hatte. Den sie benötigte.

Ich würde sterben und sie würde allein zurückbleiben.

Ich war ein erbärmlicher Partner, denn sie war schutzlos. Niemand würde sich ihrer annehmen und sie würde einsam und verloren zurückbleiben. Jeder Mann würde eine Gefahr für sie sein. *Alles* würde eine Gefahr für sie sein. Man würde darum kämpfen sie zu erobern. Ein anderer Prillone würde sich das nehmen, was mir gehörte.

Ich hörte Stimmen, Gebrüll. Befehle. Ich sah Füße und Beine, die sich schnell bewegten, obwohl ich kopfüber war. Die Farbe der Wände fiel mir ins Auge und ich dachte daran, dass sie meine Familienfarbe hatten. Ich liebte Grün.

“Ich brauche einen ReGen-Tank. Sofort!” Das war Braxs Stimme, aber mit einem kommandierenden Ton, der ihn beinahe wie ein Prillone klingen ließ.

“Schnell, er ist schwer verletzt worden.” Ich erkannte diese sanfte Stimme wieder, die mein Leben so hell erleuchtete wie diese verfluchte Plasmabombe. Miranda. Meine Partnerin. Selbst in meinem verschwommenen Bewusstseinszustand konnte ich ihre Angst, ihre Verzweiflung spüren. Ich wollte sie beruhigen, konnte es aber nicht, und zwar nicht, weil ich mich nicht bewegen konnte, sondern weil ich keinen verdammten Zweitpartner für sie gefunden hatte.

Ich wurde von Braxs Schulter runtergeschubst und auf eine weiche Unterlage gelegt. Ich stöhnte, als meine Muskeln bewegt wurden und meine Knochen aneinander rieben.

“Er blutet aus der Wadenbeinschlagader,” stellte Brax fest. “Druckverband wurde angelegt. Vierzig Prozent seines Körpers sind verbrannt, besonders die Brust und das Abdomen. Maximale Tank-Zeit ist erforderlich."

"Wir sollten ihm die Kleider ausziehen," sprach jemand.

"Negativ. Die Verbrennungen haben Stoffreste in sich drin. Sie zu entfernen wird es nur noch schlimmer machen. Er wird mit seiner Uniform am Leib heilen." Braxs Stimme war bestimmt und duldete keine Widerworte. Nie hatte ich diesen Ton von ihm gehört. Er klang wie … ein Kommandant. Ein Krieger.

Ich machte die Augen auf. Blinzelte, bis ich klar sehen konnte. Ich hob meinen Arm Richtung Brax, dessen Augen mich gerade scannten wie ein Behandlungsstab.

Dann fuhr ein echter Stab in der Hand eines anderen über mein Gesicht. Ich merkte keine Verbesserung, also musste es ein Verletzungsscanner sein. Ich sah, wie sich der konkave Deckel des ReGen-Tanks über mir schloss und hob die Hand, um ihn aufzuhalten.

"Warte," flüsterte ich. Ich wiederholte die Bitte und musste fast meine gesamte Energie aufbringen, um mitten im Geschwätz gehört zu werden.

Brax riss den Kopf herum und starrte mich an.

"Der Tank wird sich schließen. Du wirst wieder gesund."

Ich schüttelte den Kopf, dann zuckte ich zusammen. "Noch nicht."

Er beugte sich runter und warf mir einen eindringlichen, finsteren Blick zu. Es war nicht nur der Blick eines Arztes, sondern der eines echten Kriegers. "Doch, jetzt gleich, oder du wirst sterben und Miranda wird verdammt sauer sein. Das ist nicht hinnehmbar, Prillone."

Unter anderen Umständen hätte ich darauf wohl geschmunzelt. Da waren wir also; immer noch am Streiten wie am ersten Tag.

"Hier." Ich griff mit der anderen Hand nach oben

und zog an dem schwarzen Halsband, das ich mir ums Handgelenk gewickelt hatte. Ich hatte es dort angebracht, um es bei mir zu tragen, bis ich einen würdigen Zweiten finden würde. Erst dann wollte ich es abnehmen. Ich hatte nicht gedacht, dass Brax es werden würde. Hatte nicht erwartet, dass er dieser Ehre würdig war.

Aber das war er. Während des Angriffs hatte er sich bewährt. Unsere Partnerin beschützt. Mir das Leben gerettet, als er mich außer Gefahr gebracht und auf dem Weg zum Shuttle die verbleibenden Hive-Soldaten ausgeschaltet hatte. Er hatte mich, unsere Partnerin und die Kinder beschützt, die uns anvertraut worden waren. Er war ein würdiger Krieger.

Ich war derjenige, der schwach war. Fast tot. Ich war es gewesen, der es aufgrund meiner Vorurteile Brax gegenüber versäumt hatte, meiner Partnerin zu ihrem eigenen Schutz einen Zweitpartner zuzusprechen.

Er war ein guter Arzt. Ein guter Krieger. Er würde einen guten Partner abgeben. Besser als ich, schließlich hatte ich Miranda in der allerwichtigsten Angelegenheit im Stich gelassen—dafür zu sorgen, dass sie auch ohne mich glücklich war.

"Nicht bewegen," zischte Brax. "Wenn du geheilt bist, kannst du wieder herumkommandieren."

"Nein. Jetzt." Obwohl ich nur herumlag, war meine Atmung abgehakt wie nach einem Gefecht mit den Hive. "Das Halsband. Es ist für dich, Zweiter."

Er machte große Augen.

"Wo ist Miranda?" keuchte ich.

Bei diesen Worten erschien ihr Gesicht neben Brax. Ah, sie war so schön, selbst mit einem Streifen Ruß an der Wange, selbst mit verhedderten Haaren. Sie lächelte mich an, aber ihr Lächeln reichte nicht wie gewöhnlich bis zu den Augen. Ich spürte ihre Beunruhigung.

"Hab' keine Angst Miranda," sprach Brax, als ob er

bereits ein Halsband trug und genau spüren konnte, was in ihr vorging. "Er wird wieder in Ordnung kommen, vorausgesetzt er lässt mich den Deckel schließen und den Tank seine Arbeit machen."

Ich ignorierte ihn und blickte ihr in die Augen. "Tut mir leid, Liebling."

Sie schenkte mir ein wässriges Lächeln. Dann beugte sie sich weit zu mir herunter, so weit, dass ich sie riechen konnte. Sie roch rosig und wie die Blumen auf Prillon Prime. "Es gibt nichts, wofür du dich entschuldigen müsstest," flüsterte sie. "Du musst jetzt wieder gesund werden."

Ich wollte den Kopf schütteln, aber der Schmerz war zu groß. "Noch nicht. Brax ist dein Zweitpartner. Er muss das Halsband anlegen. Erst dann werde ich die Behandlung beginnen. Erst wenn ich weiß, dass du in Sicherheit bist."

Der Mund stand ihr offen und ihre Augen weiteten sich wie die äußeren Ringe des dritten Planeten in diesem Sektor. "Du möchtest—"

"Er hat sich bewiesen," raunte ich und schnitt ihr das Wort ab. "Er ist ehrenhaft. Wenn mir etwas zustößt—"

"Dir ist bereits etwas zugestoßen," mahnte Brax und blickte kurz weg, als ihm jemand einen Scan zeigte. Er nickte, dann blickte er wieder zu mir. "Es wird Zeit."

"So ist es. Leg das Halsband an. Du bist genauso Mirandas Partner wie ich. Ich werde erst mit der Regeneration beginnen, wenn ich weiß, dass sie sicher ist. Mit dir."

Brax richtete sich zu voller Größe auf und blickte zu Miranda. Er küsste ihre Stirn und nahm mir—vorsichtig—das Halsband vom Handgelenk.

Er legte es sich um den Hals und schloss es. Auf einmal konnte ich ihn ebenfalls spüren. Seine Emotionen, seinen Drang mich zu retten. Seinen Beschützerinstinkt, und zwar nicht nur für Miranda, sondern auch mir gegenüber.

Miranda schnappte nach Luft, denn seine zusätzlichen Empfindungen waren intensiv.

Brax nickte bedeutungsvoll. "Du hast mein Wort; ich werde unsere Partnerin mit meinem Leben beschützen."

Ich spürte, dass er die Wahrheit sagte und war zufrieden. Ich seufzte und ließ mich schließlich von der Ohnmacht überwältigen. "Gut."

"Du musst heilen, Trist, oder ich werde dich eigenhändig umbringen," sprach Miranda. Sie beugte sich runter und berührte sanft meine Wange. Ihre Worte waren zwar bedrohlich, aber ihr Lächeln milderte ihr Gewicht.

"Dank Brax sollten wir alle sicher sein," erwiderte ich.

Ihre Fingerspitzen strichen sanft über meine Wange, dann trat sie zurück und der Deckel senkte sich nach unten. Ich sah die beiden, meine Familie, durch die Glasscheibe an und spürte unsere Verbundenheit, bis alles um mich herum schwarz wurde.

KAPITEL 15

Trist, Privatquartier, Zwei Tage später

Ich spürte sie, noch ehe ich sie sehen konnte. Meine Familie. Und die Götter mochten mir beistehen, dazu gehörte jetzt auch der Trionische Doktor Brax. Er war nicht genau das, was ich erwartet hatte. Er war mehr Krieger als Arzt. Und noch bevor ich überhaupt von ihrer Existenz erfahren hatte, war er bereits über beide Ohren in meine Partnerin verliebt gewesen.

Selbst jetzt konnte ich ihre Verbindung spüren, ihre Emotionen, die durch mein Halsband drangen und ich wusste, dass diese Vertrautheit genau das war, was meine Partnerin jetzt, als ich verwundet war, brauchte. Ihr Schmerz und ihr Terror hatte mich stärker gepeinigt als die quälenden Plasmaverbrennungen, die fast die Hälfte meines Körpers bedeckt hatten. Und doch, als ich Brax akzeptiert und seine mentale Stärke zu unserer Familieneinheit hinzugefügt hatte, hatte sie sich beruhigt. Sein eiserner Wille und sein unerschütterliches Gemüt hatten sie eingehüllt und sie hatte sich beruhigt.

Sogar jetzt, als ich am Eingang meines eigenen Quartiers innehielt, konnte ich die beiden *fühlen*. Er war voll und ganz darauf fokussiert sich um sie zu kümmern und dafür zu sorgen, dass sie in Sicherheit war. Und meine Partnerin? Meine Frau? Das größte Geschenk, dass die Götter mir je zugestanden hatten?

Ich spürte zwar ihre unterschwellige Sorge, aber sie war zufrieden. Keine Panik. Sie fühlte sich … *sicher*.

Brax war in der Tat ein würdiger Zweiter. Während des Angriffs der Hive hatte er mir nicht nur das Leben gerettet, sondern er hatte sich während meiner Abwesenheit auch um unsere Partnerin gekümmert und sichergestellt, dass sie umsorgt wurde. Geliebt. Beschützt.

Ich hatte die richtige Wahl getroffen. Und obwohl Braxs törichte Entscheidungen Miranda dazu getrieben hatten, sich von ihm loszusagen, so konnte ich für diese seltsame Wendung des Schicksals einfach nur dankbar sein, denn sie hatte die beiden zu mir geführt.

Lautlos glitt die Tür zu meinem Privatquartier auf, ich trat herein und erblickte Brax, der gerade auf dem Sofa saß und Miranda, die sich auf seinem Schoß zusammengerollt hatte und eingeschlafen war. Ihr Gesicht war an seinen Hals gekuschelt und selbst im Schlaf klammerte sie sich an ihm fest. Sie trug ein zartes Gewand in einem Stil, den ich noch nie zuvor gesehen hatte. Ich nahm an, dass es von Trion stammte. Es sah hübsch aus, jeder Zentimeter des schimmernden Stoffs schmiegte sich an ihre Kurven. Sie sah wie eine Traumgestalt aus und mein Schwanz wurde sofort steif. Ich wollte nicht länger warten, um sie offiziell für mich zu beanspruchen. Sie zu meiner Frau zu machen. Ich konnte keine Unsicherheit mehr dulden und nachdem ich Brax zu meinem Zweiten ernannt hatte, benötigte ich nur noch Mirandas Zustimmung. Ich hatte keine Zweifel. Brax—der ihr bereits quer durch die Galaxie gefolgt war—hatte auch keine Zweifel.

Er blickte zu mir auf und machte mir ein Zeichen, dass ich leise sein sollte. “Sie schläft erst seit ein paar Stunden. Sie hat sich Sorgen um dich gemacht,” flüsterte er.

“Ich weiß. Ich habe sie gespürt.” Selbst, als ich bewusstlos im ReGen-Tank lag, hatte ich von ihr geträumt und ihre Nähe gespürt.

Ich ging zum Badezimmer, zog die Einwegkleidung aus, die sie mir beim Aufwachen in der Krankenstation angelegt hatten und trat in die Duschröhre. Meine Uniform war entfernt und entsorgt worden und ich vermisste kein bisschen den Geruch von verbranntem Fleisch. Vom Kampfgeschehen.

Von Mirandas Angst.

Ich trödelte nicht herum, sondern wusch eilig die letzten Überbleibsel des Angriffs weg und fragte mich dabei, ob Miranda sowohl mein Halsband als auch den Trionischen Schmuck tragen würde. Als ich daran zurückdachte, wie sie die grünen Edelsteine trug, musste ich stöhnend meinen Schwanz packen. Götter, sie war unbeschreiblich schön. Mir war egal, was sie anhatte. Tatsächlich hatte ich sie am liebsten nackt. Aber es war ihre Entscheidung und ich würde Braxs Traditionen ehren, wenn es das war, was meine Frau sich wünschte.

Ich würde alles für sie tun. Alles damit sie wusste, wie sehr ich sie liebte. Wie sehr ich sie brauchte. Nie hatte ich ein anderes Lebewesen gebraucht. Weder Mann noch Bestie. Aber jetzt brauchte ich sie. Nicht nur ihre Gegenwart, sondern ihre Lebensfreude. Ihr Licht. Ihr Lachen und ihren Frohsinn. Ich brauchte das Gefühl, wenn sie warm und schläfrig und zufrieden war.

Ich war es leid diesen Krieg zu führen, zu töten. Zuzusehen, wie meine Freunde und Kriegsbrüder starben. Ich brauchte einen Grund um weiterzukämpfen. Und dieser Grund lag jetzt auf dem Schoß meines Zweiten zusammengerollt und vertraute darauf, dass er sie beschützte, während ich wieder gesund wurde. Sie vertraute darauf, dass ich zu ihr zurückkehren würde.

Dieses Vertrauen war ernüchternd und ich würde es nicht als selbstverständlich ansehen.

Ich stellte den Wasserstrahl aus, trocknete mich schnell ab und ging wieder ins Wohnzimmer zurück. Brax und Miranda saßen noch genauso da, wie ich sie zurückgelassen hatte. Nackt stellte ich mich hin und wollte sie sehnlichst spüren, mit Körper und Geist.

Ich hatte Hunger. Nicht auf Essen, sondern auf sie. Es wurde Zeit, sie vollständig zu erobern.

Brax musterte mich und das Grinsen auf seinem Gesicht brachte mich fast schon zum Lachen. "Ganz schön gespannt, oder?"

"Du etwa nicht?" sprach ich. "Du bist mein Zweiter, Brax. Solange du diese Ehre entgegennimmst und gelobst, sowohl Miranda und alle Kinder, die wir eventuell bekommen werden, mit deinem Leben zu beschützen."

Sein Blick wandelte sich von belustigt zu ernst. "Bist du sicher? Nur weil du halb tot warst, als du mir das Halsband gegeben hast, werde ich nicht gestatten, dass du es dir anders überlegst, Trist. Sie gehört mir. Und ich werde jedes Kind lieben und beschützen, egal ob von dir oder von mir. Sie werden ein Teil von ihr sein und ich werde bis zum Tode kämpfen, um sie zu behalten."

"Darauf zähle ich."

Wir blickten uns in die Augen und die Halsbänder verstärkten die Verbindung, die wir beide spürten. Besitzgier. Beschützerdrang. Erregung.

Miranda regte sich und musste gemerkt haben, dass gerade etwas vor sich ging. Sie machte die Augen auf und blickte zu Brax auf; sie bemerkte nicht, dass ich auch da war. “Hi.” Sie lächelte sanft und einladend, voller Vertrauen. Sie liebte ihn und die Macht ihrer Gefühle war jetzt, als ich Braxs Liebe für sie wahrnahm ein Schock für mein System.

“Hallo, Liebling. Bist du ausgeruht?” fragte er und strich ihr sanft eine Strähne aus dem Gesicht.

“Wie geht es Trist?”

Brax brach in Gelächter aus und blickte zu mir auf. Er konnte sowohl ihre Liebe als auch ihre Sorge um mich fühlen und da war keinerlei Feindseligkeit in seinem Blick.

Miranda wandte sich um, warf einen Blick auf meinen nackten Körper und krabbelte schreiend von Brax Schoß, um sich mir in die Arme zu werfen. Ihre Liebe für mich traf mich wie ein Hammer, als ich sie auffing. Es war nicht dasselbe Gefühl, das sie für Brax empfand. Mit Brax spürte ich ihr Vertrauen und ihr Verlangen, das Gefühl, dass er sie liebevoll umsorgte. Mit ihm kam sie sich schön und begehrt vor.

Ihre Gefühle für mich dagegen waren ein bedürftiges Wirrwarr und sie schloss mich mit aller Kraft in ihre kleinen Ärmchen und drückte mich so fest wie möglich an sich; sie umklammerte mich, als ginge es um Leben und Tod und ich war glücklich.

“Akzeptierst du meinen Anspruch auf dich, Liebling? Akzeptierst du mich als deinen Primärpartner oder möchtest du einen anderen wählen?”

“Halt’s Maul, Trist. Du gehörst mir.” Sie weinte und lachte zugleich; eine Fähigkeit, die mir schleierhaft war.

“Dann akzeptierst du mich?” Normalerweise würde das hier in einem Raum voller Prillonischer Krieger geschehen, Männer, die auserwählt worden waren, um die Frau zu ehren und zu beschützen, sollte ihren Partnern etwas zustoßen. Aber Brax war Trione und seine besitzergreifende Art, mit der er uns anblickte, verriet mir bereits, dass er sie bei diesem traditionellen Prillonischen Brauch nicht teilen würde.

"Ja, Trist. Ich akzeptiere."

Brax stand ebenfalls auf und ich bemerkte seine locker sitzende Kleidung, die er rasch auszog. Als er ebenfalls nackt war, lief er zur Wand rüber und öffnete ein kleines Ablagefach. Er wandte sich zu uns um und Miranda lockerte ihren Griff, um sich zu ihm umzudrehen, als sie höchstwahrscheinlich seinen plötzlichen Ernst spürte.

"Ich habe auf Trion etwas anfertigen lassen, Trist. Während du dich erholt hast, habe ich es aufs Schiff transportieren lassen." Brax kam zurück und legte einen dunkelgrünen, mehrfach um sich selbst gewickelten Stoff vor uns ab.

Er packte den Inhalt aus und ich erblickte keine Klammern, sondern echte Piercingringe. Sie waren in derselben Form arrangiert, die sie am Körper unserer Partnerin einnehmen würden, einer für jede Brust und einer für ihren Kitzler. Von den dunkelgrünen Edelsteinen an jedem Ring hing eine feingliedrige Goldkette und an den Gliedern dieser Kette waren kleine Scheiben mit sich abwechselnden Symbolen angebracht. Eines war das Zeichen von Haus Treval, meinem Haus. Das andere hatte ich nie zuvor gesehen, aber ich vermutete, dass es sich um Braxs Familienwappen auf Trion handelte. Außerdem lagen da goldene Armreifen für ihre Handgelenke, die mit grünen Edelsteinen verziert waren und eine kunstvolle Halskette, die aussah wie ein zart gewebtes Spinnennetz in Gold und Grün. Oben waren zwei große Ringe angebracht.

Brax wirkte zufrieden mit sich selbst. "Ich habe die Hälfte der Medaillons mit dem Zeichen der Familie Treval aus Prillon Prime austauschen lassen."

Die Stücke waren wunderschön und schienen von

allerhöchster Qualität zu sein. Handgefertigt, und nicht mit der S-Gen-Anlage gemacht. Die Glieder waren zu fein und einzigartig.

Miranda rutschte aus meinen Armen und fiel auf die Knie, um das Geschenk zu betrachten, aber sie rührte die Schmuckstücke nicht an. Stattdessen blickte sie zu mir auf und bat um Erlaubnis. Ich konnte spüren, wie sehr sie sich über die Stücke freute und sie anlegen wollte, aber ihr Bedürfnis mich zufriedenzustellen ging vor. Sollte ich nein sagen, dann würde sie sie ohne Reue weglegen.

Diese Einsicht war ernüchternd. "Sie sind hübsch, Liebling. Und an dir werden sie noch hübscher aussehen."

Ihr Lächeln zwang mich in die Knie und ich bückte mich und las die Halskette von dem weichen Stoff auf. "Heb dein Haar hoch, Miranda. Damit wir dich schmücken können."

Brax kniete auf der gegenüberliegenden Seite nieder und seine Vorfreude befeuerte meine. Ich konnte es kaum erwarten unsere Partnerin in Gold und Grün zu sehen. Das Grün passte zu den Halsbändern der Familie Treval und unsere Partnerin würde fantastisch darin aussehen. Wie eine fleischgewordene Göttin.

Mit einem Grinsen, das ich allmählich schon zu sehr genoss, schob Brax einen Ring auf seinen Finger und reichte mir den anderen.

"Was macht diese Kette?" wollte ich wissen.

Miranda erschauderte und ein Inferno der Lust durchzuckte plötzlich mein Halsband.

Interessant.

Ich blickte zu Brax und runzelte die Stirn.

Er lachte nur. "Wirst du schon sehen."

KAPITEL 16

Brax

Mein Traum war wahr geworden. Nicht genau so, wie ich ihn mir vorgestellt hatte, sondern besser. Miranda brauchte Trist. Ich hatte sie verletzt und sie auf Trion viele Male immer wieder allein gelassen. Ich hatte ihr Vertrauen zerstört—nein, nicht zerstört; das hatte ihr früherer Partner auf der Erde bewerkstelligt—, aber ich hatte ihren Glauben bestärkt, dass sie sich nicht auf einen Mann verlassen konnte. Dass er sie an erste Stelle stellen würde. Sie zur Priorität in seinem Leben machen würde.

Trist hatte diese Verletzung in ihr geheilt. Selbst jetzt, als sie sich vor mir auf dem Bett räkelte und ich die Piercings an ihr anbrachte, blickte sie zur Sicherheit zu ihm auf. Sie suchte seine Bestätigung.

Er küsste sie, liebkoste sie, verwöhnte sie mit Hand und Mund, während ich unsere Partnerin mit den prächtigsten Smaragden schmückte, die ich auftreiben konnte.

Jedes Piercing verheilte sofort, da ich einen ReGen-Stab über ihren Körper hielt. Sie verspürte keinerlei Schmerzen, als ich die grünen Juwelen an ihren üppigen Kurven anbrachte. Der Umstand, dass die Paarungshalsbänder der Familie Treval fast dieselbe Farbe wie die Steine hatten, schien eine göttliche Bestätigung zu sein, dass alles so gelaufen war, wie es sein sollte.

Miranda gehörte mir. Ich durfte mich weiterhin gebraucht fühlen, denn hier draußen waren Ärzte heiß begehrt und der Strom von verwundeten Kriegern, die lebensrettende Maßnahmen benötigten, war nahezu konstant. Meine offizielle Versetzung war reibungslos über die Bühne gegangen, nachdem Kommandant Zakar das grüne Halsband um meinen Hals erblickt hatte. Er hatte mir auf den Rücken geklopft und mich als Crewmitglied auf dem Schlachtschiff Zakar willkommen geheißen.

Ich war jetzt ein Teil dieses Krieges. Hier draußen, im Weltraum. Eine Wendung, die ich von meinem Leben nie erwartet hätte. Allerdings hatte ich auch nicht mit Miranda gerechnet.

Ihre Brüste waren jetzt prachtvoll geschmückt und meine Fingerspitzen wanderten an die Lippen ihrer feuchten Mitte, um ihren Kitzler zu suchen. Ich neckte ihn und lockte ihn so aus seinem Versteck, um ihn ebenfalls zu schmücken. Trist führte währenddessen zwei Finger in ihre nasse, willige Pussy ein, ihr Nippel steckte in seinem Mund und er fickte sie langsam mit den Fingern, während ich mit ihrem Kitzler spielte und ihre Temperatur ansteigen ließ, ehe ich den dritten Ring anbrachte.

Sie keuchte, ihre Hände vergriffen sich im Bettzeug, als ihr Körper sich unter mir nach oben wölbte. Sie war dermaßen erregt und scharf auf uns beide, dass meine Hände zitterten, als ich das dritte Piercing abschloss.

Als das getan und die Punktion geheilt war, legte ich den ReGen-Stab beiseite und gab Trist die Armreifen in die Hand, die ich extra für Mirandas Handgelenke hatte anfertigen lassen. Mir war klar, dass sie hier auf dem Schlachtschiff keine traditionellen Trionischen Kleider tragen würde und ich wollte ihre Verzierungen auch unabhängig von ihrer Garderobe bewundern können. Die filigranen Bänder waren erst der Anfang. Ich hatte auch goldene und smaragdgrüne Netze für ihre Haare gekauft, Ringe für ihre Zehen und Finger, goldene Kettchen für ihre Fußgelenke und Edelsteinbehänge für ihre Ohren.

Mit einer Intensität, die auch mir nicht entgangen war, hob Trist erst ihre linke, dann ihre rechte Hand und schob ihr eine Reihe Armreifen über jede Hand. Wir beide traten zurück und bewunderten unsere Partnerin, als sie nackt, funkelnd und unermesslich schön auf dem Bett lag.

Sie war erregt. Feucht. Ihre Pussy glitzerte im Licht fast so hell wie das Gold und die Edelsteine.

Jetzt. Ich wollte sie *jetzt.*

Keine Ahnung, ob der Gedanke von mir oder von Trist ausging, aber ich verlor keine Zeit und ging schnurstracks auf die Schublade mit dem Gleitgel zu. Als ich zurückkam, hatte Trist sich ihr bereits angenähert. Seine Finger strichen wie hypnotisiert über die Kette zwischen ihren Nippeln und ihrem Kitzler. Er streckte seine Hand aus und sie sah wie eine Königin aus, als sie ihre Hand in seine legte und ihre Ringe und Armreifen als perfekte Ergänzung zu den juwelenbesetzten Ketten im Licht blitzten.

“Bei den Göttern, du bist wunderschön, Miranda.” Staunen lag in seinem Ton. Ehrfurcht. Mir ging es genauso.

Seine Worte schmeichelten ihr und ihre Freude über seine aufrichtige Anbetung für sie überzog mein geschundenes Herz wie eine Schicht geschmolzenes Karamell. Diese Halsbänder waren ein Geschenk des Himmels, genau wie unsere Frau.

Ich fügte meine Ergebenheit und mein Verlangen für sie hinzu und meine Komplimente trafen sie mit voller Wucht, als sie mit ihren neuen Verzierungen durch unsere Wohnräume schlenderte und unsere Stimmung anheizte. Ich begnügte mich damit ihr zuzusehen und sie den Moment auskosten zu lassen, sodass sie ihre Vorfreude, ihre Lust steigern konnte. Ich neigte schließlich zur Geduld.

Nicht so ihr Primärpartner.

"Schluss damit." Trist, wieder ganz der Krieger, sprang rasant schnell auf und sie lachte und keuchte wild, als er sie mit dem Rücken gegen die Wand presste und ihren Mund eroberte.

"Akzeptierst du meinen Anspruch auf dich, Miranda? Oder möchtest du einen anderen Primärpartner wählen?"

Ihre Antwort klang wenig amüsiert: "Diese Frage habe ich dir bereits beantwortet, Captain Treval. Hörst du nicht richtig? Vielleicht sollte ich mir einen Mann aussuchen, der gleich beim ersten Mal zuhört—"

Schock. Lust. Ihr Rücken zur Tür. Trist hatte sie mitten im Satz hochgehoben und sie mit seinem Schwanz aufgespießt und rammelte dermaßen besinnungslos in sie hinein, dass ihr Kopf hin und her flog und ihr Atem mit jedem seiner Hüftstöße aus ihr herausplatzte.

"Vielleicht. Hast. Du. Zu-ge-hört."

Er knurrte nur darauf und seine Lippen pressten auf ihre Stirn, während er sie fickte. Feste.

"Verdammt, Trist. Warte auf mich."

Er drehte den Kopf zu mir um und das animalische Lächeln, das ich dort erblickte, verriet mir, dass Warten nicht zu Debatte stand und dass ich mir nehmen müsste, was mir gehörte. Ich wollte ihren straffen Arsch ficken. Sie um den Verstand bringen. Ich wollte, dass sie *meinen* Namen kreischte, nicht seinen.

Ich erwiderte das Lächeln, als Mirandas leise Lustschreie mich mit dem Gleitgel in der Hand zum Handeln zwangen.

Herausforderung angenommen.

* * *

Miranda

DIE WAND in meinem Rücken fühlte sich heiß an. Nicht kalt. Nicht länger. Trists gigantischer Schwanz füllte mich aus und jeder seiner Stöße schob mich weiter an der Wand hoch, seine Lenden trafen mein neues Kitzlerpiercing und reizten die Verbindungskette, die von meinen Nippeln herab hing. Es war erotisch. Sündig.

Verdammt geil. Gott. Es war so verdammt geil von Brax beobachtet zu werden, während er darauf wartete zuzuschlagen.

Ich hob die Arme über den Kopf und wusste, dass Trist sofort darauf reagieren würde. Er kannte mich, kannte meine Bedürfnisse.

Ich wurde nicht enttäuscht; seine Hand packte meine Handgelenke, sein Griff war fest aber nicht schmerzhaft und gerade beherzt genug, um mir zu verstehen zu geben, dass ich nirgendwo hingehen würde, solange er nicht mit mir fertig war. Ich war ihm ausgeliefert und mein Körper ging ab wie ein Feuerwerk, als er mich immer heftiger durchfickte.

Brax sah uns zu. Er wartete. Er war wie ein Adonis, eine finstere, sinnliche Gottheit, die ihr Werk betrachtete. Ich wusste genau, was er da in der Hand hielt, nämlich das Analspielzeug, das diese Prillonen für ihre Partnerinnen entwickelt hatten. Bald würde er mich ebenfalls ficken, sein dunklerer Teint würde im Gegensatz zu meiner blassen Haut und Trist goldener Färbung stehen. Sein dunkles Haar würde wie Seide in meinen Fingern liegen. Sein Duft würde sich mit Trists Duft vermischen, bis ich in ihnen beiden untergehen würde.

Trist rammte in mich hinein und ich klammerte die Beine um seine Taille, meine Fersen gruben sich in seinen Arsch. Mehr. Ich wollte mehr. Ich wollte alle beide von ihnen.

Er küsste mich auf die Stirn, blickte zu Brax rüber und dann beugte er sich runter und knabberte an meinem Ohr. Meiner Schulter. Es tat ein winziges bisschen weh und ich stöhnte seinen Namen.

"Trist."

"Komm, Liebling. Jetzt sofort. Damit Brax sehen kann, wer es dir so gut besorgt."

Brax? Was würde Brax davon halten?

Durch unsere Halsbänder traf mich die volle Geilheit meiner beiden Partner und ich verlor die Kontrolle, als Trist tief in mich hinein stieß und meine Pussy kreuz und quer um seinen Schwanz herum nur so zuckte.

Ich erschauderte und mein Körper explodierte, als Trist mich gefangen hielt. Mir blieb keine andere Wahl, als mich zu unterwerfen, mich auszuliefern. Und das schraubte mich immer höher, als ich von Nachbeben durchgerüttelt wurde und direkt auf einen zweiten Orgasmus zusteuerte.

"Noch nicht, Liebling." Das war Brax, der mir ins Ohr knurrte. Ich blickte zur Seite und er stand neben uns.

"Brax."

Er sprach zu Trist, sein Blick blieb jedoch auf mich gerichtet. "Umdrehen, Trist."

Trist ließ meine Handgelenke los und seine Hände

wanderten an meinen Arsch, als er Braxs Befehl folgte. Und es war tatsächlich ein Befehl gewesen, irgendwie. Wenn es darum ging mich zu ficken, so schienen meine Partner einen anhaltenden Waffenstillstand geschlossen zu haben und zu einem stillen Einvernehmen gekommen zu sein.

Meine Partner. Gott. Beide gehörten mir.

Trist, der jetzt mit dem Rücken gegen die Tür lehnte, hob meinen Arsch hoch und präsentierte ihn Brax. Augenblicke später pressten Braxs Lippen gegen meine Schulter während seine Fingerspitzen meine straffe Rosette fanden und das Prillonische Gleitgel in mich hinein schlüpfen ließen. Er füllte mich mit warmer Flüssigkeit und fickte mich sanft mit dem kleinen Spielzeug, dann zog er es wieder heraus.

Meine Pussy spannte und ballte sich um Trist wie eine Faust zusammen und dessen Stöhnen schien Brax dazu zu bringen, sich zu beeilen. Er legte seinen Schwanz an meinem Eingang an und drang in mich ein, er dehnte und füllte mich aus, bis sich voll war, bis ich rappelvoll zwischen meinen beiden Männern steckte und mich sicher, beschützt und geliebt fühlte.

Ich erschauderte und lehnte den Kopf nach hinten gegen Braxs Brustkorb, denn das war die einzige Möglichkeit ihn zu berühren, ihm zu vermitteln wie sehr ich ihn liebte. Sie alle beide.

Liebe erfüllte mich von irgendwo tief in meinem Inneren, es war keine Explosion, nicht orgasmisch, sondern wie der Wind oder das Sonnenlicht auf meiner Haut. Wie atmen. Sie *war* einfach *da*.

Trist zuckte zusammen und seine Hände umpackten meine Hüften wie ein Schraubstock. "Miranda."

Brax war bis zu den Eiern in mir vergraben und hielt still, seine Hände fassten um mich herum, um an meinem Nippelschmuck herumzuspielen und an der goldenen

Linie an meinem Bauch entlangzufahren. Dann senkte er den Kopf und küsste erneut meine Schulter. “Frau, du wirst uns noch umbringen.”

Ich musste lachen, konnte nicht anders. “Womit?”

“Liebe, Miranda.” Trists goldene Miene war so feierlich, so quälend schön. Mein Partner, mit dem ich mich vollkommen sicher fühlte, war einfach perfekt. Der Mann, der schließlich alle Risse und Brüche in meinem Herzen geheilt hatte. “Mit Liebe.”

Sie nahmen mich langsam und genüsslich, Trist blickte mich die ganze Zeit an, als ob er fürchtete, ich könnte verschwinden. Brax liebkoste jeden Zentimeter meiner Haut und spielte mit den Schmuckstücken, sodass ich mir wunderschön vorkam. Erobert. Verehrt.

Wir kamen alle drei gleichzeitig, mein Orgasmus riss die beiden mit über die Schwelle und als es vorüber war, betrachteten meine beiden Partner voller Stolz und Freude das grüne Halsband um meinen Nacken, das uns zu einer Familie machte.

EPILOG

Miranda, Wohnquartier von Natalie und Roark, Xalia City, Trion

Drei Monate später

"Heilige Scheiße, Miranda. Er ist groß." Dann beugte Natalie sich zur Seite und flüsterte: "Ist er … *überall* so groß?"

Bei ihrer Frage musste ich lachen und alle drei Männer, also Roark, Brax und Trist, drehten sich zu uns um. Eben gerade waren wir nach Trion transportiert und in Natalies und Roarks Zuhause angekommen. Roark führte meine beiden Partner in den Familienraum, von wo ich Noah schwatzen hören konnte; wahrscheinlich erklärte er seiner kleinen Schwester gerade, dass sie Besuch hatten.

Wow, alle drei zusammen zu sehen war schon ein hammermäßiger Anblick. Drei große, bullige Alphatypen. Früher war ich neidisch gewesen auf das, was Natalie mit

Roark hatte, aber nicht mehr. Ich hatte *zwei* Männer, die voll und ganz mir gehörten.

Natalie kannte Brax gut, aber Trist hatte sie noch nicht getroffen. Und ich hatte seit meinem Test und dem Transport aufs Schlachtschiff Zakar kaum Gelegenheit gehabt, mit meiner besten Freundin zu sprechen. Sie ahnte nicht, was ich seit dem alles durchgemacht hatte; abgesehen davon, dass ich mit einem Prillonen verpartnert worden war.

Ich grinste. "Oh ja, er ist groß. *Überall.*"

Sie umarmte mich nochmal, dann seufzte sie und fächelte sich Luft zu. Ich wollte den Jungs folgen, aber ihre Hand auf meinem Arm stoppte mich. "Bist du glücklich?" Ihre Augen durchleuchteten mich. "Ich weiß, dass Brax eine Zeit lang ein ziemlicher Idiot gewesen ist, aber ich glaube nicht, dass das Absicht war. Eher würde ich sagen, dass er ein typisch ahnungsloses Mitglied der männlichen Spezies war."

Ich dachte an Brax und daran, wie sehr er sich in so kurzer Zeit gewandelt hatte. Vom "Idioten", den ich zurückgelassen hatte zum Partner, der er heute war. Entschlossen. Immer präsent. Dominant.

Ich spürte das Gewicht der Kette zwischen meinen Brüsten, den kaum merklichen Zug an meinen Nippelringen. Ich spürte die Medaillons, die warm und schwer auf meinem Oberbauch auflagen. Ich trug jetzt weite Oberteile, denn während Trionische Frauen ihre Zierden gerne zur Schau stellten, so zog Trist es vor meinen … Schmuck … für sich selbst zu behalten. Meine Finger wanderten an das Halsband um meinen Nacken, das sichtbare Zeichen dafür, dass ich seine Partnerin war. Dass ich ihnen gehörte. Trist war überaus eifersüchtig und wollte mich mit niemandem teilen, abgesehen von Brax natürlich. Und auch wenn er Brax gegenüber niemals zugeben würde, dass er auf die Ringe und die Kette abfuhr, so spürte ich doch, wie sehr ihr Anblick in anmachte. Und was Brax betraf, so wollte er mich jetzt nicht mehr den anderen vorführen, sondern mich ganz für sich behalten. Scheinbar hatte Trist ihm diese Prillonische Mentalität nähergebracht.

Nun, entweder war es das, oder es waren die interessierten Blicke der anderen Krieger auf dem Schlachtschiff, die das Umdenken bewirkt hatten. Trist hatte mir versichert, dass mir niemand je dumm kommen würde, und so war es auch. Immerhin war ich jetzt Lady Treval. Aber das bedeutete nicht, dass die anderen Krieger mir nicht ab und zu bewundernde Blicke zuwarfen.

Ein Umstand, der Brax wirklich verärgerte. Dass ich einmal geglaubt hatte, er wäre nicht an mir interessiert gewesen, erschien mir heute völlig abwegig. Undenkbar.

"Er war ein Vollidiot," bestätigte ich. "Aber er hat sich bewiesen, mir und Trist gegenüber. Viele Male sogar."

Im Familienzimmer lag Roark jetzt auf einen Ellenbogen gestützt auf dem Boden, die kleine Talia lag neben ihm auf einer hellgrünen Decke. Noah wedelte vor ihrer Nase mit einem Spielzeug herum und ihre kleinen Beinchen strampelten in der Luft; sie war sichtlich vergnügt.

Trist saß auf einem Stuhl, sein Rücken war kerzengerade und er sah ihnen zu.

Obwohl, eher war er dabei, auf mich aufzupassen. Und dafür liebte ich ihn.

Brax kam zu mir herüber, schlang den Arm um meine Taille und küsste meine Stirn.

Als Noah mich sah, erhellte sich sein kleines Gesicht. Er überreichte seinem Vater das Spielzeug und kam auf mich zugerannt.

Ich fiel auf die Knie und nahm seinen kleinen Körper in die Arme. "Hey, Kumpel! Ich glaube, du bist einen Kopf größer geworden, seit ich dich das letzte Mal gesehen habe."

Sein Händchen tätschelte meine Wange. "Ja! Mami sagt, wenn ich Gemüse esse, werde ich groß und stark."

"Verrate es nicht deinem Papa, aber wenn du so weiter machst, dann wirst du eines Tages noch größer werden als er."

Er beugte sich vor und flüsterte mir ins Ohr, allerdings nicht ganz so leise: "Viiiel größer."

Roark warf den Kopf in den Nacken und brach in schallendes Gelächter aus. Dann schaufelte Natalie Noah in die Arme und verpasste ihm einen dicken Schmatzer, worauf er kichern musste.

"Liebling, ich spüre, was dir fehlt," flüsterte Brax, als ich meine beste Freundin mit ihrem Sohn beäugte. Ich beneidete sie zwar nicht länger um ihren Partner, aber jetzt beneidete ich sie um ihre Kinder. Hübsche, liebenswerte, preislose Kinder.

Obwohl ich erst kürzlich verpartnert wurde, so arbeiteten meine Eierstöcke bereits auf Hochtouren. Jedes Mal, wenn Trists tiefe Stimme mich aufforderte meine Kleider auszuziehen oder jedes Mal, wenn Brax die zusätzliche Kette an mir anbrachte, die meine Nippel mit einer Klammer auf meinem Kitzler verband—die natürlich mit einem grünen Edelstein versehen war—sehnte ich mich nicht nur nach ihren Schwänzen, sondern auch nach dem Baby, das entstehen würde.

Das bereits entstanden *war*.

Erst kurz vor unserem Transport vom Schlachtschiff hatte ich entdeckt, dass ich schwanger war. Brax hatte mir persönlich meine letzte Verhütungsspritze verabreicht, aber das war vor vielen Wochen gewesen, als wir das letzte Mal auf Trion zusammen gewesen waren. Über ein Monat war seit der Injektion vergangen, als ich mich hatte testen lassen. Ich hatte nicht einmal daran gedacht. Trist hatte nie nachgefragt. Ehrlich gesagt hatte ich auch nicht an Kinder gedacht, als Trist mich erobert hatte.

Dann war Brax aufgetaucht und hatte mein Leben ins Chaos gestürzt. Oh, ich wollte Kinder, schon immer, aber nie mit besonderer *Dringlichkeit*, denn bevor ich verpartnert wurde, war ich gar nicht davon ausgegangen, dass es eine echte Option für mich war.

Jetzt aber war es sehr viel mehr als nur eine Option. Mit der Menge an Sex, den wir hatten und den unzähligen Malen, die sie in mir gekommen waren, musste ich bestimmt Drillinge erwarten.

"Ich merke ...," fing er an, dann verstummte er. Knurrte. "*Gara.*"

Oh Shit, die Halsbänder. Ich war nicht sicher, wie Brax und Trist auf die Nachricht reagieren würden, denn wir hatten nie darüber geredet. Wir hatten nicht damit gerechnet. Ich hatte keine Ahnung, ob sie überhaupt ein Baby wollten. Ich hätte nachfragen sollen. Vielleicht wollten sie keine Kinder. Oder vielleicht schon, nur nicht jetzt. Trist könnte ausflippen. Die Koalition verfügte jetzt über die Hive-Technologie, die sie nach dem Angriff den toten Soldaten entnommen hatten, aber sie versuchten immer noch herauszufinden, wie genau die Tarnpanzerung hergestellt wurde. Um das Ganze nachzubauen. Herauszufinden, wie man es aufspüren konnte.

Ein Baby würde auf dem Schlachtschiff womöglich nicht sicher sein. Würde Trist mir böse sein? Wütend, weil ich sie nicht vorher gefragt hatte? Weil er jetzt auch noch ein Kind beschützen müsste, zusätzlich zu seiner Partnerin? Würde Brax mir übelnehmen, weil ich die Verhütungsspritze vergessen hatte?

Oh Gott. Wollten die beiden überhaupt ein Baby?

Trist sprang von seinem Stuhl auf. "Was stimmt nicht mit dir, Liebling?"

Er war sofort in Alarmbereitschaft und blickte sich im Raum um. Sein Verhalten signalisierte Roark, dass irgendetwas faul war und er hob Baby Talia in seine

Arme und sprang unerwartet anmutig auf die Füße. Im Handumdrehen hatte er den Raum durchquert und seinen Arm um Natalie gelegt.

“Heilige Scheiße, Jungs. Alles in Ordnung,” sprach ich, um sie zu beruhigen.

Roark hatte seine Familie zusammengeschart, das Baby überreichte er Natalie und dann zückte er seine Waffe.

Trist durchquerte den Raum mit drei Schritten. “Irgendetwas stimmt nicht. Ich spüre es. Angst. Panik.”

Ich seufzte von Kopf bis Fuß. So hatte ich mir *nicht* vorgestellt ihnen die Nachricht zu verkünden. Eher schon bei Kerzenlicht und Champagner und in einem sexy Kleidchen mit Schlitzen überall …

“Sie fürchtet, sich uns zu sagen, dass sie schwanger ist,” verkündete Brax. Ich blickte zu ihm auf und sah, wie sein Mundwinkel sich nach oben bog. Durch das Halsband spürte ich einen raschen Anflug der Erleichterung und meine Knie gaben nach, aber Brax fing mich sofort auf und schloss mich in die Arme. Außerdem spürte ich noch Zufriedenheit, Glück und sogar einen Hauch männlichen Stolz.

Ich atmete lautstark aus und mir war gar nicht bewusst gewesen, dass ich die Luft angehalten hatte.

“Liebling,” knurrte Trist und zog mich aus Brax Armen in seine hinüber. Er drückte mein Gesicht gegen seine Brust und hielt mich dermaßen fest, dass ich mich kaum rühren konnte.

“Trist,” rief ich. “Ich bekomme keine Luft.”

Er ließ sofort wieder los und musterte mich, als ob *er* der Doktor wäre. “Fühlst du dich gut? Ist dir übel? Schwindelig?”

Ich lachte, denn einen sonst so beherrschten Prillonen so nervös zu sehen war ziemlich witzig.

“Ah, lach nur, Liebling,” sprach er. “Aber warte nur,

bis dein Bauch riesengroß ist und du rumwatscheln wirst wie … wie nennt man das nochmal auf der Erde?"

"Eine Ente," brummte ich und Natalie fügte hinzu: "Sie wird wie ein gestrandeter Wal aussehen."

"Wie du, *Gara*," sprach Roark zu Natalie. "Zweimal. Ich glaube, wir sollten noch eins bekommen."

Während die beiden anfingen darüber zu streiten, wer von ihnen ihr drittes Kind austragen sollte, kamen Trist und Brax so nahe an mich heran, dass ich Natalie und ihre Familie nicht mehr sehen konnte. "Jungs, mir geht's gut."

"Du bist schwanger," stellte Trist fest.

"Sie ist aber nicht krank," ermahnte Brax. "Komm, setz dich. Du solltest nicht so lange stehen."

Sie führten mich schnurstracks zur Couch und ich verdrehte die Augen. "Ich kann während der Schwangerschaft auch *stehen*."

"Wir müssen sofort zum Schlachtschiff zurückkehren," sprach Trist und sprang wieder auf die Füße.

"Das Baby wird aber noch eine Weile auf sich warten lassen. Acht Monate oder so. Wir haben Zeit." Ich beobachtete, wie er sich durch die hellen Haare fuhr.

"Ich spüre, wie sehr du dich darüber vergnügst," sprach er und blickte zu Brax rüber. "Wie soll ich Miranda *und* ein Kind beschützen?"

"Sie hat zwei Partner," erwiderte Brax; er klang fast schon beleidigt.

"Das nützt auch nichts, Brax. Wenn wir erstmal vier Kinder haben, dann werden wir zahlenmäßig unterlegen sein. Wie sollen wir das schaffen, Zweiter?" wollte Trist von Brax wissen. "Wir werden eine Kampfstrategie brauchen."

Brax nickte. "Sofort nach unserer Rückkehr auf der Zakar werden wir einen Plan ausarbeiten."

Ich hielt meine Hand hoch. “Jungs, ihr müsst euch entspannen. Und was soll das heißen, *vier* Kinder? Vier?”

Beide Männer blickten mich an und grinsten. “Das Erste zu machen hat dir gefallen,” erklärte Brax und wackelte mit den Augenbrauen.

Dem konnte ich nicht widersprechen. “Ich bin nicht irgendeine Zuchtstute. Erstmal werden wir sehen, wie es mit dem Ersten läuft.”

Beine Männer blickten mich schief an. “Was ist eine Zuchtstute? Das hört sich gar nicht gut an. Als deine Partner werden wir dafür sorgen, dass du dich niemals so fühlen wirst,” sprach Trist. Er war auf einmal wie Tag und Nacht.

“Wie gesagt, erstmal schauen wir, wie es mit dem Ersten läuft,” brummte ich.

Trist wurde weiß wie eine Wand, dann blickte er zu Brax. “Wie es mit ihm läuft? Warum sollte es mit dem Baby nicht *laufen?* Brax, du musst sie sofort in einen ReGen-Tank legen. Sie muss durchgescannt werden. Hast du deine Medizinerausrüstung mitgebracht?”

Natalie lachte und Roark kam herübergelaufen—seine Alarmbereitschaft war vollständig verflogen—und klopfte Trist auf den Rücken. “Ich habe das Ganze schon zweimal hinter mir. Die Sorge um deine Partnerin wird erst nachlassen, wenn du dein Baby siehst. Dann wirst du dir wegen ihm … oder ihr die Haare raufen.”

Er grinste. Trist allerdings nicht. Ich biss mir die Lippe, um mir ein Lächeln zu verkneifen.

Das würde ein Spaß werden; zuzusehen, wie meine beiden Partner mit meiner Schwangerschaft klarkommen würden, und dann mit einem Baby. Gott, einem Baby!

Ich blickte zu meinen Männern auf, sie waren vollkommen stoisch und steif, besonnen und ruhig, und total panisch.

Ja, sie gehörten mir. Sie waren auch total verrückt, aber ich hätte nie etwas anderes gewollt.

* * *

Lies als Die Gejagte nächstes!

Er sitzt in der Falle und wird gefoltert. Allein sie kann ihn vor den Hive retten.

Vizeadmiralin Niobe hat sich jahrelang geweigert beim Programm für interstellare Bräute mitzumachen, denn ihrer Überzeugung nach würde kein Mann im Universum sein perfektes Leben opfern, um mit ihr zusammen zu sein. Schockiert stellt sie fest, dass sie Everis, also dem Heimatplaneten ihres Vaters zugeordnet wurde. Als sie zu ihm aufbricht, findet sie sich allerdings in einem geheimen Integrationszentrum der Hive wieder, wo ihr Partner einem erbarmungslosen Feind die Stirn bietet.

Elitejäger Quinn ist den Hive ins Netz gegangen und kurz davor die Hoffnung aufzugeben, als seine Partnerin wie ein Schutzengel in der sprichwörtlichen Hölle erscheint. Niobe ist selbst eine Kriegerin und in ihrer Sturheit weigert sie sich, ihn zurückzulassen. Auch wenn sie den Hive entkommen sollten, sitzen die persönlichen Narben bei beiden tief. Kämpfen und Blutvergießen sind einfach. Aber das Herz eines verwundeten Kriegers heilen? Das könnte sich als unmöglich erweisen.

Lies als Die Gejagte nächstes!

WILLKOMMENSGESCHENK!

TRAGE DICH FÜR MEINEN NEWSLETTER EIN, UM LESEPROBEN, VORSCHAUEN UND EIN WILLKOMMENSGESCHENK ZU ERHALTEN!

WILLKOMMENS-
GESCHENK
GRACE
GOODWIN

http://kostenlosescifiromantik.com

INTERSTELLARE BRÄUTE® PROGRAMM

DEIN Partner ist irgendwo da draußen. Mach noch heute den Test und finde deinen perfekten Partner. Bist du bereit für einen sexy Alienpartner (oder zwei)?

Melde dich jetzt freiwillig!
interstellarebraut.com

BÜCHER VON GRACE GOODWIN

Interstellare Bräute® Programm

Im Griff ihrer Partner

An einen Partner vergeben

Von ihren Partnern beherrscht

Den Kriegern hingegeben

Von ihren Partnern entführt

Mit dem Biest verpartnert

Den Vikens hingegeben

Vom Biest gebändigt

Geschwängert vom Partner: ihr heimliches Baby

Im Paarungsfieber

Ihre Partner, die Viken

Kampf um ihre Partnerin

Ihre skrupellosen Partner

Von den Viken erobert

Die Gefährtin des Commanders

Ihr perfektes Match

Die Gejagte

Interstellare Bräute® Programm: Die Kolonie

Den Cyborgs ausgeliefert

Gespielin der Cyborgs

Verführung der Cyborgs

Ihr Cyborg-Biest

Cyborg-Fieber

Mein Cyborg, der Rebell

Cyborg-Daddy wider Wissen

Interstellare Bräute® Programm: Die Jungfrauen

Mit einem Alien verpartnert

Seine unschuldige Partnerin

Die Eroberung seiner Jungfrau

Seine unschuldige Braut

Zusätzliche Bücher

Die eroberte Braut (Bridgewater Ménage)

ALSO BY GRACE GOODWIN

Interstellar Brides® Program

Mastered by Her Mates

Assigned a Mate

Mated to the Warriors

Claimed by Her Mates

Taken by Her Mates

Mated to the Beast

Tamed by the Beast

Mated to the Vikens

Her Mate's Secret Baby

Mating Fever

Her Viken Mates

Fighting For Their Mate

Her Rogue Mates

Claimed By The Vikens

The Commanders' Mate

Matched and Mated

Hunted

Viken Command

The Rebel and the Rogue

Interstellar Brides® Program: The Colony

Surrender to the Cyborgs

Mated to the Cyborgs

Cyborg Seduction

Her Cyborg Beast

Cyborg Fever

Rogue Cyborg

Cyborg's Secret Baby

Interstellar Brides® Program: The Virgins

The Alien's Mate

Claiming His Virgin

His Virgin Mate

His Virgin Bride

Interstellar Brides® Program: Ascension Saga

Ascension Saga, book 1

Ascension Saga, book 2

Ascension Saga, book 3

Trinity: Ascension Saga - Volume 1

Ascension Saga, book 4

Ascension Saga, book 5

Ascension Saga, book 6

Faith: Ascension Saga - Volume 2

Ascension Saga, book 7

Ascension Saga, book 8

Ascension Saga, book 9

Destiny: Ascension Saga - Volume 3

Other Books

Their Conquered Bride

Wild Wolf Claiming: A Howl's Romance

HOLE DIR JETZT DEUTSCHE BÜCHER VON GRACE GOODWIN!

Du kannst sie bei folgenden Händlern kaufen:

Amazon.de
iBooks
Weltbild.de
Thalia.de
Bücher.de
eBook.de
Hugendubel.de
Mayersche.de
Buch.de
Bol.de
Osiander.de
Kobo
Google
Barnes & Noble

GRACE GOODWIN LINKS

Du kannst mit Grace Goodwin über ihre Website, ihrer Facebook-Seite, ihren Twitter-Account und ihr Goodreads-Profil mit den folgenden Links in Kontakt bleiben:

Web:
https://gracegoodwin.com

Facebook:
https://www.facebook.com/profile.php?id=100011365683986

Twitter:
https://twitter.com/luvgracegoodwin

ÜBER DIE AUTORIN

Hier kannst Du Dich auf meiner Liste für deutsche VIP-Leser anmelden: **https://goo.gl/6Btjpy**

Möchtest Du Mitglied meines nicht ganz so geheimen Sci-Fi-Squads werden? Du erhältst exklusive Leseproben, Buchcover und erste Einblicke in meine neuesten Werke. In unserer geschlossenen Facebook-Gruppe teilen wir Bilder und interessante News (auf Englisch). Hier kannst Du Dich anmelden: http://bit.ly/SciFiSquad

Alle Bücher von Grace können als eigenständige Romane gelesen werden. Die Liebesgeschichten kommen ganz ohne Fremdgehen aus, denn Grace schreibt über Alpha-Männer und nicht Alpha-Arschlöcher. (Du verstehst sicher, was damit gemeint ist.) Aber Vorsicht! Ihre Helden sind heiße Typen und ihre Liebesszenen sind noch heißer. Du bist also gewarnt...

Über Grace:

Grace Goodwin ist eine internationale Bestsellerautorin von Science-Fiction und paranormalen Liebesromanen. Grace ist davon überzeugt, dass jede Frau, egal ob im Schlafzimmer oder anderswo wie eine Prinzessin behandelt werden sollte. Am liebsten schreibt sie Romane, in denen Männer ihre Partnerinnen zu verwöhnen wissen, sie umsorgen und beschützen. Grace hasst den Winter und liebt die Berge (ja, das ist problematisch) und sie wünscht sich, sie könnte ihre Geschichten einfach downloaden, anstatt sie zwanghaft niederzuschreiben.

Grace lebt im Westen der USA und ist professionelle Autorin, eifrige Leserin und bekennender Koffein-Junkie.

https://gracegoodwin.com

Lightning Source UK Ltd.
Milton Keynes UK
UKHW011408130520
363213UK00004B/908

9 781795 910279